岁月的鞋子

周海亮

著

山东城市出版传媒集团·济南出版社

图书在版编目(CIP)数据

岁月的鞋子/周海亮著. —济南:济南出版社,
2022.3

(周海亮暖心书系)

ISBN 978 – 7 – 5488 – 5017 – 5

Ⅰ.①岁⋯　Ⅱ.①周⋯　Ⅲ.①故事—作品集—中国—
当代　Ⅳ.①I247.81

中国版本图书馆 CIP 数据核字(2022)第 040547 号

SUIYUE DE XIEZI
-------------------------------　　周海亮/著

岁月的鞋子

出 版 人	崔　刚
图书策划	史　晓
责任编辑	史　晓　陈　新
特约编辑	刁彦如
封面设计	薛　芳
版式设计	谭　正
出版发行	济南出版社
地　　址	济南市二环南路 1 号(250002)
印　　刷	济南万方盛景印刷有限公司
版　　次	2022 年 3 月第 1 版
印　　次	2022 年 3 月第 1 次印刷
成品尺寸	170mm×240mm　16 开
印　　张	7
字　　数	83 千
印　　数	1 – 5000 册
定　　价	49.50 元

(济南版图书,如有印装错误,请与出版社联系调换,电话:0531 – 86131736)

悲悯的能力

伍　泽

我是先认识海亮，再认识他的书的。

刚认识他的时候，我觉得他有趣，不十分健谈，偶尔讲不太好笑的笑话，性格豪爽且不乏温柔。那次笔会我们一行二十多人，其中一个可爱的女孩是坐着轮椅来的，从她来的那天起海亮至始至终全程陪护，我从没见他离开过女孩的轮椅。有时到一个景点大家一拥而上，只有海亮对女孩不离不弃。大家没心没肺地夸他，他听了会脸红，一脸红说话就着急，一急就词不达意，就有点小结巴，十分可爱。那时他给我的印象是：外表豪爽，内心羞涩，心思细腻，善良。

回来后，我找出海亮的书来读。记得那是秋天，我坐在书房那把大圈椅上从上午一直读到傍晚，夕阳自窗口斜射进来，如金色的镜。只是一个下午，感觉上已经是迢迢经年。

此后，海亮的书渐渐占据了我书柜上的一格，他的每一本书，包括《刀马旦》《天上人间》《帘卷西风》《只要七日暖》《分钟与千年》《送你一度温暖》《太阳裙》《有一种债你必须偿还》等，我都认真读过。海亮的文字不花哨，易读，易懂。很多作者一门心思让自己的文字显得高深晦涩，以此来显示"才华"；而海亮的文章像极了一首江南小调：我有一段情呀，唱拨拉诸公听……在那些看似平淡的文字底下却可以体会到那份亦悲亦喜的惊涛骇浪和悲天悯人的关怀，似乎还有一份悲愤无奈，读来无不感同身受。

海亮写人间情感，如《洗手间里的晚宴》《毛毛熊》《依靠》，都是写人间世俗平实质朴的情感，却胜过无数英雄豪杰的情高义重。读后但觉浮花浪蕊皆尽，因他的文章更真实、更用心，不染浮华气，亦没有文字上大声激烈的擂鼓动山川，只有更纯简且更端然的人。

他的《长凳》《九月九日自杀事件》《1912年的猪头》，读来却是欲哭无泪，无奈绝望。但他写的又无一不是现实生活里上演过的真实事件，因为有迹可循，总是让人有尖锐的刺痛感。而他用平淡的文字道出，就像一个历经苦难的人面对面地向你讲述他所经历过的种种苦难。他语气愈是平淡，你愈是悲伤难过，最后掩面大恸，因为你知道，在如此平淡的外表之下是他对生活的无奈无助。这才是用心良苦，这才是作家应有的悲悯之心。而悲悯是一种内心深处的能力，不是每个人都具有这种能力的。

每读一次他的新作，我都会忍不住给海亮打电话，说："海亮，你是真正的作家。"

在这个"作家"帽子可以拿来到处乱送的年代，我坚定不移地相信，不是每个写书的人都可以被称为作家。

一个真正的作家最重要的品质不是文字华丽，不是构思奇巧，而是如海亮这般，内心深处善良、正直，对人类苦难有着悲悯之心。这些是人本身的品质在文字里的延伸，所谓"文如其人"，是德行。

海亮的文心就像一首南北朝时的《西洲曲》：

采莲南塘秋，莲花过人头。低头弄莲子，莲子清如水。置莲怀袖中，莲心彻底红。

当许多人在风姿绰约高高低低的莲花上注目凝视留连不舍时，海亮这样的作家是那个在一旁安坐着低头向下的人，目光温润，心如莲子。

目 录
contents

第三辑　一双白运动鞋

第四辑　油饼翻身

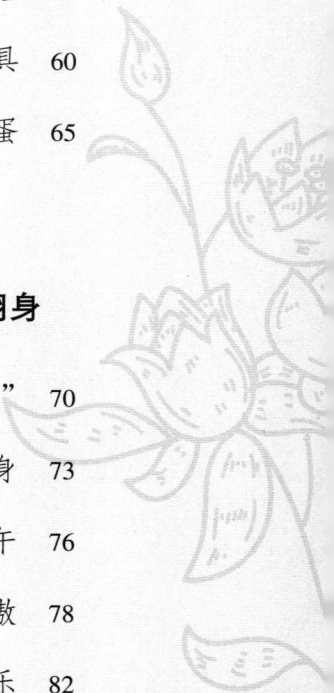

第五辑　阳光划破你的脸

第一辑

明亮的眼睛

母亲的本能

地震说来就来,毫无征兆。

女人正吃着早饭,房子就摇起来了。她本该逃出去的,可是她顾及了腹中的孩子。她跑得摇摇晃晃,一边跑一边用手护住自己的肚子。然后,阳光便不见了。似乎塌倒的不是房屋,而是天空。女人被埋进废墟中,心中充满了骇惧与绝望,她大声呼救。浓烈的烟尘让女人咳嗽不止,她被呛出眼泪。

那时还是清晨。她感觉她即将出世的孩子在她的身体里翻了一个身,她笑了。近来,她时常能感觉到自己的孩子——尚未出生的孩子,柔软的孩子,可以与她交流甚至交谈的孩子。她计算着孩子出生的时间,她的眼睛里刮起温暖的季风。可是,天塌下来了,她被挤在一个黑暗的、可怕的小小空间里,孤孤单单。那一刻,她想到死亡;那一刻,她想到她的孩子。

她努力让自己改变一下姿势,这姿势让她极其难受,几近窒息,可是她认为这姿势会令她的孩子舒服一些。她突然感觉自己其实并不孤单,陪伴她的还有她的孩子。虽然她们未曾见面,但是她毕竟是孩子的母亲。

"母亲"的意思是她必须保护她的孩子,无论情况多么糟糕,无论孩子出生与否。

她开始与腹中的孩子说话。她不停地说,不停地说,说得嘴唇渐渐开裂,渗出血丝。干渴、饥饿、恐惧围绕着她,她渐渐感到体力不支。于是,她换了一种方式:她不再出声,她在心中与孩子说话。她给孩子唱儿歌、讲故事,她努力让孩子打起精神,不要睡去。她仍然保持着一种极其难受的姿势,她希望自己的孩子如同躺在摇篮里般舒适且温暖。

黑暗里没有时间概念,黑暗里的每一秒钟都可以无限抻长。好几次她认为自己真的坚持不下去了,可是每一次她都顽强地挺了过来。也许并非仅仅因为她在鼓励孩子吧,更多的其实是孩子对她的鼓励。后来,她昏迷过去,恍惚之中她真的听到了孩子的呼唤。她打了一个激灵,醒来,她听到外面传来呼喊她的声音。那是家人的声音,那是闻讯赶来的救援队的声音。

她不停地与腹中的孩子说话,她怕自己再一次晕过去。她怕当她不能与腹中的孩子说话时,她的孩子会孤单。

她认为自己在废墟中挺过了一个世纪。

终于,她再一次见到阳光。尽管她闭着眼睛,但是她真真切切地看到了和煦的阳光。她的身边围着护士与她的家人,她只说了一句话,她说:"快救救我的孩子。"

那时候,她已经被掩埋了足足66个小时。

又11个小时过后,她顺利地产下一名男婴。男婴啼哭着,两手攥成拳头。他是在欢呼吧?为他的生命,为他母亲的生命。

很多人把女人称为"英雄母亲",可是女人听了只是淡淡一笑。女人说,其实我只是不想让他孤单,无论他来到世间,还是在我的体内;当然,我相信他也

会这样想。

　　这个故事是真实的。女人叫巴桑毛旺，玉树市人。但我认为，是不是"英雄母亲"并不重要，因为我深信，任何一位母亲在那时都会那样做。这是一位母亲的责任，更是一位母亲的本能。母爱因何伟大？只因这本能。

有多痛，有多快乐

接到录取通知书那天，他和父亲正顶着毒辣的太阳在夏地里拔草。邮递员在地头停下车，大声喊他的名字。父亲在裤子上擦了擦手，走过去，接了信，拆开看了两遍，然后将信对折装进口袋。父亲对他说："你考上大学了。"然后蹲下身子，接着拔草。

那天他和父亲表现得都很平静。尽管他们都知道，那一纸录取通知书对他的将来意味着什么。

第二天晚上，父亲拿出一沓钱放在桌上。父亲说："就这么多了。家里的，还有亲戚的……能借的都借过了……还差几百块，你自己想办法吧。"他红着眼说："那我不去了。"父亲瞅瞅他，没说话，给自己卷一根纸烟，静静地点上。烟雾缭绕中，父亲盯着那张展开的录取通知书，表情卑微并且虔诚。许久，父亲抬起头，说："明天，去山上捉蝎子吧。"

村后有山，山上有蝎子。捉到蝎子，晒干，拿到县城的采购站去卖，大一点的能卖两毛钱，小一点的能卖一毛钱。几年前，闲时捉蝎子是很多村里人重要的收入来源。可是他算了算，即使捉到的全是大蝎子，也得捉一千多只才能凑够学费。离开学的时间已经很短，他认为这是一个不可能完成的任务。

父亲说："我帮你去捉。"

那个夏天，他和父亲拿着镊子和竹筒，爬遍村后所有的小山。他们起早贪黑，捉到几百只蝎子。笨拙的父亲几次被蝎子蜇了手。幸亏那些蝎子毒性不大，否则，父亲将在那个夏天里更痛苦。

离开学只有三天，父亲去了趟县城。路很远，父亲天不亮就动了身。那天，他等在家中，坐立不安。他不知道他和父亲花了一个夏天捉到的蝎子会不会变成钞票，更不知道自己能不能踏进朝思暮想的大学校园。他想，假如他不能继续学业，假如他不得不像他的父辈那样过着面朝黄土背朝天的生活，他不知道自己是否还有活下去的勇气。

父亲回来的时候，天已经黑了。他把目光急切地迎上去，却不敢问。父亲朝他笑笑，说："一切顺利。"父亲松开紧攥的手——几张钞票早已被汗水濡湿。他接过那些钱，再也不敢松开，仿佛只要一松手，他的大学梦就会突然破灭。

校园生活是紧张和快乐的。他省吃俭用，把所有精力全放到功课上。他的努力很快就有了回报：入学第一年，他就得到了数额最高的奖学金。可是，生活并没有真正变得轻松——他必须吝啬地对待每一分钱。

大学第一个暑假，他几乎是在家乡的山上度过的。他和父亲拿着镊子和竹筒，一块石头一块石头地翻找。之前的经验帮助了他们，那年暑假，他和父亲捉到了更多的蝎子。仍然在他开学的前几天，父亲拿着那些蝎子去了县城。他仍然在家里等着父亲。和第一次不一样，这次他有了莫名其妙的兴奋。

这次，父亲带回来更多的钱。这很正常——因为这次捉到的蝎子的数量更多、个头更大。父亲把那些钱递给他，倚着门，轻轻地喘息。他发现父亲脸色苍白。他问父亲："您不舒服吗？"父亲朝他笑笑，说："没事，走得急了。"笑容让父亲脸上的皱纹更加拥挤。

第二年暑假,他仍然急切地奔回家,然后拿着镊子和竹筒,与满山的蝎子斗智斗勇。他认为那不是蝎子,那是可爱的钞票,那是他的希望和他灿烂的前程。他对父亲说:"物价上涨这么快,这蝎子也该涨价了吧?"父亲说:"可能吧,也许今年会涨价。"他说:"如果今年能卖更多的钱,您买件新衣服吧。"父亲说:"别,你都留着……出门在外,不比在家。"

在他的记忆里,父亲好像从来没有买过衣服。从他记事那天起,父亲就轮换着几件破旧的衣服穿。后来他长大了,父亲就穿他不能再穿的衣服。父亲长得瘦小干枯,现在即使穿他的衣服,衣服也显得宽宽大大的,与身体不成比例。父亲身着他的运动服、衬衫、肥大的裤子、露了脚趾的运动鞋……父亲穿着它们下地、走亲戚、上山捉蝎子、去县城的采购站……他想,父亲真的需要一身体面的衣裳。

可是,父亲还是没为自己花一分钱,尽管这一次,父亲带回来的钱更多。父亲说:"蝎子真涨价了,大的四毛一个,小的两毛一个。"父亲脸色苍白,倚着门框剧烈地喘息。他扶父亲在炕头坐下,说:"如果明年我们还捉蝎子,我去卖吧。"父亲说:"不行,你不认识采购站的人,会卖亏的。"父亲把钱一张一张地展开,每一张都让他的眉头轻轻舒展。

第三年暑假,他带回来一位同学。同学是城里的,从没有见过真正的山。其实那时,他已经在城里做着一份家教——每周的星期六和星期日上课,一天上三个小时。做家教赚来的钱给他的学业派上了很大的用场。可是他仍然要捉蝎子,捉蝎子好像已经成为他的乐趣和习惯。尽管因为农活太忙,父亲去捉蝎子的次数很少,可是他和他的同学还是捉到了更多的蝎子,数量几乎达到前几年的总和。快开学时,他把蝎子拿给父亲看。父亲说:"怎么这么多?"他说:

"可能因为今年天旱吧,蝎子格外多。再说我已经有了三年的捉蝎经验,再说还有同学帮忙……"父亲笑了笑,说:"好,明天我再去趟县城。"

从县城回来的父亲,突然在他面前摔倒。摔倒后的父亲想赶快爬起来,可是他没有成功。父亲穿着宽大的运动服和露出脚趾的运动鞋,脸苍白得像一张纸。他吓傻了,忙扶父亲起来。他说:"您怎么了?"父亲说:"没事,跑得急了……"今年捉到的蝎子最多,个头最大,当然卖的钱也最多。父亲在他面前掏出那些钱,一张张地数,一边数一边骄傲地笑。父亲的脸上全是汗水,那汗水沿着深深的皱纹,慢慢往下流淌。他想,如果明年还捉蝎子的话,说什么也不能再让父亲去卖。这么远的山路,父亲已经吃不消了……也许,父亲真的老了。

大学最后一个暑假,他带回来一个令父亲振奋的消息:他找到了工作,毕业后就能去上班,是在一家很有名气的公司做白领。这等于说,几个月后他就将领到一笔可观的薪水,从此过上体面的生活。那天,父亲非常高兴,他请了很多乡亲,在院子里摆了酒席。父亲说,他的儿子将要成为一名白领,将要在城里扎根。其实,父亲并不知道白领是什么意思。或许他认为,那是相当于村主任级别的干部。

他还是上了山,带着他的镊子和竹筒。他想再捉些蝎子,卖些钱给父亲买一身像样的衣服。父亲说:"今年别捉了,你都要毕业了,家里也不缺钱。"他说:"当玩呢。"父亲想了想,说:"那等你捉得多了,我再去县城卖。"他说:"行。"可是他哪能再让父亲去县城呢?那天,他瞒着父亲,带着一个夏天的劳动成果,偷偷跑去了县城。他想,这或许能给父亲一个惊喜。

他找到那个采购站,将一大包蝎子推上柜台。他自豪地说:"全是大个头的，我想都应该四毛钱一个。"柜台里的男人莫名其妙地看着他，说："我们早就不收蝎子了啊……收蝎子？十年以前的事吧？"他愣住了。他说："怎么可能？我父亲年年来卖蝎子啊！"男人说："真的不收了，已经好多年了。"他仍然不相信。他认真地向男人描述父亲的样子。他发现自己必须用上很多诸如"驼背""白发""瘦黑""咳嗽"等词，才能把父亲的样貌描述得准确。终于，男人回忆起来了。他说："是有这样一位大伯。四五年前吧，有一天，他拿了一包干巴巴的蝎子来卖，我告诉他不收蝎子了，可他就是不走。他说他一定得把这些蝎子卖掉，因为他的儿子需要这些钱。因为这些蝎子是他儿子最后的机会。他在这里站了整整一个上午，就差给我们跪下。实在没有办法，我告诉他，离这儿不远有个地下血站，如果他愿意，可以去卖血。我认识那里的血头，我可以帮他介绍……"

他站在那里静静地听，感觉无限痛苦和悲伤。他想起父亲苍白的脸和满头的汗水，心里痛骂着自己的迟钝。这么多年，父亲一直靠卖血来帮他完成学业，而他竟然一无所知！他还自作聪明地想到了蝎子会涨价！他还拉来同学帮他捉更多更大的蝎子！当他兴高采烈地把一只只蝎子放进手里的竹筒，事实上他放的不是蝎子，那全是父亲一滴一滴的鲜血啊！

他想，其实正是他逼迫了自己的父亲继续为自己卖血。而父亲竟默默地配合着他，天衣无缝地表演。想到父亲穿着他破旧宽大的衣服站在采购站苦苦哀求的样子，他禁不住流下眼泪。

男人问他："你哭什么？那个老伯是你什么人？"

他挺挺身子，说："我是他的儿子，他是我的父亲……"

那天，他很晚才回家。他捧给父亲一件新衣，说："这是我给您买的。"父亲说："你哪来的钱?"他说："我在县城的采购站卖掉了今年夏天所有的蝎子……"

父亲有些尴尬和惭愧——他明白儿子知晓了全部。他们坐在饭桌前吃饭,两个男人沉默了很久。

突然,父亲抬起头,说："我去卖血是应该的,因为我是父亲,我为的是你的学业和前途;可是你去卖血,却只为给我买一身新衣服,这值得吗?"

他扔下筷子,握紧父亲的手,说："值得,当然值得。我去卖血,不仅仅因为我想给您买一身新衣。还因为我想知道,当那根粗粗的针头扎进身体时,有多痛,有多快乐……"

📖扫码获取
☆ 本书音频
☆ 作者故事
☆ 写作指导
☆ 推荐书单

你今天看起来不错

　　自出生那天起,尼克就被别人当成一个怪物。不仅别人,当尼克稍稍懂事的时候,他也将自己看成一个怪物。

　　尼克天生没有四肢,只有一只似脚非脚的小肉垂悬吊在左大腿根。这是一种极其罕见的先天性疾病——海豹肢症。换句话说,尼克就像一只海豹,只不过,海豹可以灵巧地挪动身体,而尼克连翻个身都非常困难。

　　8岁那年,尼克开始学会思考。他不明白上帝为何如此残忍,为什么别的孩子能够轻易拥有四肢,他却不能。长到10岁的时候,尼克想到了自杀,好几次他试图将自己淹死在浴缸里,可是如此简单的事情,他也做不到。肺占据他身体体积的80%,他总是像穿一件救生衣一样竖直地浮在水面上。那一年,尼克陷入极度的绝望之中——如果一个人连自杀都做不到,他还能做什么呢?

　　上小学的尼克,每天都会遭到同学们的嘲弄和欺凌。最灰暗的一天上午,他竟一连遭到12个孩子的嘲笑。午后的阳光清澈明媚,尼克却坐在轮椅里暗自决定:如果今天再有一个人嘲弄我,我就要彻底放弃自己,再一次选择自杀。那时尼克还不知道,他的一生即将在这个午后发生彻底的改变。

　　尼克既说不出那个女孩的名字,也记不清那个女孩的模样,然而,他牢牢地记住了那个女孩的话。陌生的女孩朝他走来,笑容灿烂。女孩看着尼克,大声说："嗨，尼克，你今天看起来不错。"女孩像风一样飘过去，尼克却仍然愣在那里，半天回不过神来。他想，也许女孩并没有骗他。他今天看起来不错，明天看起来同样会不错。或者，就算女孩骗了他，又如何呢？那是一种真诚的鼓励、至高的赞美，他应该学会感恩。

因为这句话，尼克再一次打消了自杀的念头。他说服自己从此乐观地面对这个世界，并在 19 岁那年开始了他的第一次演讲。他的演讲饱含真情，充满乐观与向上的动力，深深地将听众打动。现在，演讲已成为尼克的职业，每年他都会受邀前往世界各地，与听众分享他的乐观与坚韧。不仅如此，尼克还出版了自己的著作，告诉大家他如何从一无所有到一无所缺。他用自己的行动向每一个世人表明，什么叫作"永不放弃"。

几乎每一次，他都会与听众分享这个故事。他告诉听众，他之所以能有今天的成绩，全因那位素不相识的女孩。假如没有她，假如没有那句"你今天看起来不错"，也许，他会死在童年，死在无望与绝望之中。

最令尼克骄傲和幸福的是，如今，他不仅拥有自己的事业，还拥有了自己的爱情。多年以前的一次演讲，尼克就曾告诉他的听众，上帝早为他预备好了新娘，只等他去找她，现在，这个新娘终于出现在尼克面前。尼克的人生变得完整。其实这一切，尼克在多年以前的那个午后已经深信不疑。

这个故事是真实的。尼克的全名为尼克·胡哲，他天生没有四肢，生于澳大利亚的墨尔本，职业演讲家，业余时间喜欢拉小提琴和冲浪。他的经历告诉世人，人生不仅需要自身的坚强不屈，还需要他人的鼓励。很多时候，鼓励不需要长篇大论，仅一句话足矣。这句话非常简单，每个人都完全可以慷慨地说出：

"嗨，你今天看起来不错！"

迟来的偿还

　　多年前的一个冬天,他流浪到一个村子。他已经三天三夜没有吃饭,衣服更是破烂不堪。当他走到那个村子的麦场时,终于体力不支,栽倒在地。冷风将他的身体冻僵,他感觉自己困倦难耐,似乎灵魂正在一点一点地逃离躯壳,远处满是星光点点。他知道,那是一个人临死前的幻觉。

　　再次醒来时,他发现自己躺在一铺陌生的土炕上。他看到一双粗糙的捧着一碗热汤的手,一双关切地看着他的眼睛。他知道自己得救了。他还知道,是面前的男人将他救活。

　　他在男人家住了一个多月。他告诉男人自己是生意人,本来是去山里收购山货,却在县火车站被别人骗光了钱。他迷迷糊糊地走进深山,又迷了路。说这些时,他的身上盖着男人家里最好的一床被子,眼泪吧嗒吧嗒地往下掉。"就当病了一场,咬咬牙,很快就过去了。"男人安慰他,"人这一辈子,谁还不病一场?""可是那些钱都是借来的啊。""那也不怕。"男人笑笑说,"就当丢了。人这一辈子,谁还不丢一回钱?"

　　离开的时候,男人塞给他800块钱。"是借给你的路费。"男人说,"如果有剩余,就当成你的本钱。不过你要还我,我家里也很困难。"他收下男人的钱,说:"等我翻了身,一定坐火车来看你,一定亲手把钱还给你。"想了想,他又补

上一句，"两年内不管混成什么样，我都会回来。"那次，他被人骗走了两万块钱，在那个年代，这绝对是一笔巨款。他没敢跟男人说。他想，就算他说了，男人也不会相信，因为男人是那样贫穷。可是，那样贫穷的男人竟为他凑了800块钱。

后来他才知道，那是男人家中所有的钱。

他回到城市，不再收购山货，而是做起别的生意。他拼死拼活，只为早点还上欠别人的两万块钱，早点还上欠救命恩人的800块钱，并且早点再一次见到他的救命恩人。终于在第二年，他的生意进入良性循环，他赚了很大一笔钱。

可是，他认为自己并不成功，与生意场上的伙伴比起来，他还差得太远。他想，把生意做大些再去吧。把生意做大些，男人会更高兴的。那时，他不是还给他800块钱，而是8000块钱，甚至8万块钱。他认为这当然值得——男人不但救了他的命，还给了他东山再起的本钱。

这本钱并不仅仅是那看得见的800块钱。

他又打拼了三年。三年后，他开起了自己的公司，又在别的城市里开起了分公司。他在各个城市之间穿梭，忙得不可开交。他经常会想起山村里的救命恩人，可是，身为总经理的他，几乎没有一天属于自己的时间。他想，再等一等吧，再等一等。他没有忘记那位男人，总有一天他会带着一大笔钱去看望那位男人，他认为这足够了。

又是五年过去了，他的公司变得更大，资产已达几千万元。当然，他也变得更忙。他几乎一分钟空闲的时间都没有。他想，就算把自己变成十个人，也忙不过来所有的事情。似乎他将永远这样忙下去，似乎他将永远不能见到自己的救命恩人。

假如真的如此，他不知道那个男人会怎样看他？

终有一天，他决定去那个山村，马上就去。他算了一下，坐飞机到市里，从市里转车去县里，再从县里转车去村子，就算交通再堵，也不过两天时间。两天完全可以做完的事情，他竟然拖了整整十年！

他被这个发现吓了一跳。

可是，他并没有找到那位男人。村子还在，男人的草房还在，只是男人已经不见了。他的房子被村里其他人买走了，据村里人说，他离开村子至少有七八年了。

"七八年了？他去哪儿了？"

"去县城了。他的儿子考上大学那年，他就去了县城。如果还留在村子里，靠那几亩薄地，他的儿子只能辍学。听说一开始他在县城里捡垃圾，后来又在建筑工地上干小工，日子过得很苦。"

他后悔莫及。七八年前虽然他事业刚刚起步，可是他已经攒下一笔钱。假如那时候能来一趟，还了那800块钱，说不定还可以帮男人一把。那时候，800块钱对他来说已经可以忽略不计了。假如男人多了这800块钱，也许他就不用去县城捡垃圾了吧？

村里人只给了他一个男人模糊的地址。他拿着地址，乘坐当天的公共汽车，去了那个闭塞的县城。他在县城里待了三天才找到那个地址，可是男人仍然不在那里。

"他去省城了。"男人的邻居告诉他，"五年前，他的儿子接走了他。他一直靠捡垃圾供儿子读完大学，他儿子也争气，毕业后就留在了省城。"

"他身体还好吗?"他小心翼翼地问。

"很不好。"邻居叹一口气说,"他以前就有病,这几年在外面捡垃圾、干小工,起早贪黑,饥一顿饱一顿,病就更严重了。我记得他儿子接走他那天,是把他背上汽车的。"

"您是说他已经走不动了吗?"

"是的,走不动了。没办法啊,他儿子那年刚刚大学毕业,哪有钱替他治病? 其实需要的钱也不多,听说那时花个三四万块钱就能把病治好。可是他们当时去哪儿弄三四万块钱? 还听说他和他儿子在省城过得也并不轻松,似乎这几年他的病又重了。"

当着那个人的面,他流下了眼泪。五年前,他已经有了很多个三四万块钱,他也非常愿意拿出很多个三四万块钱为男人治病,可是,他总是把见救命恩人的时间一拖再拖。是的,他忙,他很忙,他总以为自己还有的是时间来偿还、感谢和报答男人。其实,当一个人有意将一件事情无休止地拖下去,那么,他肯定会寻找出一个最恰当的将自己说服的借口。

假如那时候他能来看看男人并给男人一点点钱,说不定,男人的病早已经好了,他想。

他下了决心,哪怕生意再忙,也要找到男人。拿着一个更模糊的地址,他去了省城。他是打出租车去的,一刻都不敢耽误。

可是在省城里寻找一个人,无疑等同于大海捞针。他在省城住了半个多月,才有了男人的消息。那是一爿平房,那平房处在城市的边缘,那也许是省城里最后的平房。

他走进那个贫穷的家。他没有看见男人。可是,他看见了男人的妻子。男人的妻子正在往一件毛衣上钉纽扣。她的旁边放着很多这样的毛衣和纽扣。很明显她在为某个外贸成衣厂做外活,那活很辛苦,而且收入很低。

她认出了他,看着他笑了。她说:"他说得没错,你果然成就了一番事业,你果然还会来。"

他跟她简单地寒暄过后,就迫不及待地问起男人的情况。他告诉她,自己找了很多地方才找到这里,他知道这几年男人从村子去了县城,又从县城来到省城的所有经过。"他现在在哪里?"他问男人的妻子。

"他在医院。今天儿子在照顾他。他的病很重,医生说治不好了。"她红了眼圈,"如果一年前能有 10 万块钱,也许……"她低下头,任泪水恣意流淌。

他陪她一起流泪。一年前他在干什么呢? 不管他在干什么,总之,他没有来看男人。他轻轻地安慰她,然后要求她带自己去医院看他。他说:"我愿意出些钱帮他治病……出多少钱我都愿意,因为他是我的救命恩人。"

一进病房,男人就认出了他,男人的脸刹那间绽开笑容。男人向他招手,示意他坐到床边。男人说:"知道你会来。"然后他把头扭向身边的儿子,他对儿子说:"我说的没错吧? 我说过,总有一天,他会来找我。"

儿子不好意思地笑了笑。男人说:"我以为您不会来了。我一直以为您会故意赖掉那 800 块钱。"

他不敢相信自己的耳朵。他从来就没有赖掉那 800 块钱的打算,不仅如此,他还时刻提醒自己不要忘记男人,时刻提醒自己还欠着男人 800 块钱,只不过,他把来看男人的时间拖得太久了而已。现在他感到非常痛苦。

于是他告诉男人,这次他来,一是想看看男人,二是想偿还那 800 块钱,三

是想拿出一点钱,帮男人把病治好,也算偿还了心债。他的表情是真诚的,他相信男人不会拒绝。

男人再一次笑了,说:"不用了,医生说治不好了。你能够来,我已经很高兴了。因为你的出现,几天以后,我想,我可以微笑着离开。"

明亮的眼睛

男孩有些调皮,他坐在椅子上不停地摇晃脑袋,这让年轻的理发师不得不常常停下手中的剪刀。

理发师横穿马路去买一包香烟,他回来时,男孩就候在椅子上了。他长得虎头虎脑,睫毛长长,眼睛明亮。当时正值正午,阳光拐进屋子,阳光里飞舞起晶亮的微尘。现在男孩很乖很安静,却突然与理发师商量,能不能为他换一盘磁带?

"好啊!"理发师认真并且卖力地挥舞着剪刀,"你喜欢什么歌?"

"《洋娃娃和小熊跳舞》《蓝精灵》《黑猫警长》,都行。"

"可是我这里没有这些歌啊。"理发师盯着镜子里的男孩,笑了笑,"我这里是理发店,不是幼儿园……"

"哦。"男孩大度地耸耸肩,"那就算了……不过以后你可以买些这样的磁带来,以后我可能常来。我喜欢听……"

"遵命!"理发师说道,剪刀轻挑着男孩的鬓角。

阳光照亮男孩长长的睫毛,在他的眼睑处投下小小的可爱阴影;阳光射进男孩的眼睛,那眼睛里便多出一条绚烂的彩虹。男孩轻哼起一首歌:"洋娃娃和小熊跳舞,跳呀跳呀,一二一;他们在跳圆圈舞啊,跳呀跳呀,一二一……"

伴随着节奏，男孩的脑袋再一次晃起来。

理发师无奈地笑了笑。他将求助的目光投向坐在长椅上的女人。那位年轻的母亲一直笑眯眯地看着自己的儿子。

"再乱动的话，叔叔可就把你的脑袋剃成南瓜瓢了。"女人柔声细语地吓唬男孩，"那样的话，幼儿园的小朋友们就会笑话你啦。"

男孩果然停止了歌声，背又挺得笔直。

理发师看看镜子，又看看男孩，收起剪刀。"真帅！"他对男孩说，"先去洗洗头，再吹干，整整型，就大功告成了。"

男孩开心地拍起巴掌。

下午开家长会，他要当着所有家长和小朋友的面表演节目，刚才那些歌都是他下午要唱的。女人站起来，走到理发师身边，说："我告诉他挺好了，他偏不听，一定要来理个发……让我给他洗头吧！"

"那多不好意思。"理发师推辞着，"应该我来的……"

"还是我来吧！"女人笑笑说，"他习惯了我给他洗头发……"

理发师不再说话，他终于开始注意这对奇怪的母子。女人将男孩从理发椅上抱下来，然后牵着他的手，慢慢来到洗头盆前面。女人对男孩说："注意凳子……这边是躺椅，你躺上去……再往上一点……对，就是这样……"

似乎，男孩什么也看不见。

理发师突然回忆起一个细节——男孩的眼睛虽然明亮清澈，可是他的眼珠似乎一直没有动过。是这样，刚才他在镜子里冲男孩挤出一个滑稽的鬼脸，男孩竟然毫无反应。

眼睛明亮的男孩竟然是一个盲童！理发师的心隐隐地痛起来。

男孩再一次回到理发椅上，理发师的吹风机响起来，却响得无精打采，几近马虎——就算他为男孩剪出天底下最漂亮的发型，他也看不见——那么，再漂亮的发型也似乎毫无意义。

"他虽然看不见，可是他总是将自己打扮得很漂亮呢！"女人似乎看出理发师的细微变化，笑着说，"他喜欢臭美。"

男孩听到后咯咯地笑了。

"可是他看不见啊！"理发师扭过头，压低声音对女人说，"他根本看不到自己的样子……"

"可是别人能看到他的样子啊！"女人说，"他常常说，他得将自己打扮得漂漂亮亮的，别人才会喜欢他、尊重他……事实也的确如此，幼儿园里的所有孩子都喜欢他。他可以身体残疾，可是他的信心不能够残疾……他需要永远把自己最美、最乐观的一面呈现给别人。"女人提了提声音，说："是不是，儿子？"

男孩点点头。"对极了！"他笑着说。

理发师愣住了。他长时间地盯着男孩明亮的眼睛，然后，他将本已关掉的吹风机再一次打开。

外面，阳光灿烂。

第二辑

母亲的火炕

母亲节·康乃馨

去超市买菜，见门口竖一纸牌，上面写着："母亲节，凡购满28元，均赠康乃馨一枝。"

我没怎么理会，像往常一样购物。等我去收银处结账时，收银员盯着面前的小屏幕，说："可惜了。"我说："什么可惜了？"她说："22块，差6块。"于是，我再一次想起那枝康乃馨。我说："那再添两包口香糖吧。"凑上两包口香糖，正好28块钱，够我领走一枝康乃馨。

我本来不需要这两包口香糖，仅仅为了一枝康乃馨，我买了自己本不想买的东西。

一枝康乃馨，最贵时两块钱，最便宜时五毛钱。两包口香糖，六块钱。我不知道自己是捡了便宜，还是当了大头。

对商家来说，所有的节日都跟他们有关，母亲节当然也不例外。只是他们的目的，或者说主要目的是盈利，而绝非惦念我们的母亲。不过，我还是感谢他们。因为他们，那天傍晚，街上走着很多手捧康乃馨的男人女人、男孩女孩，母亲节的大街被扮上一种虚假的温馨。

超市里有鲜花柜台，里面的各种鲜花明码标价，不便宜，也绝不贵。可是凭我的经验，那柜台只有在情人节时才会生意兴隆。曾有很多人问我，母亲节是几月几号？他们肯定不会为自己的母亲买一枝康乃馨。尽管我知道，他们肯定也深爱着自己的母亲。

可是今天，因为有了赠品，因为有了添头，每个人都在凑够28元。凑够28元就可以领一枝免费的康乃馨。在那时，在很多人的潜意识里，母亲的地位或许只等于这枝免费的康乃馨。

只是不知道，这些手捧康乃馨的男男女女们，又有多少人会真正把这枝没花一分钱的赠品亲手送给自己的母亲？

被涂改的成绩单

　　少年时,他涂改过几次成绩单? 三次、四次或者五次? 他自己也记不太清了。并非他不努力,事实上他懂事很早。穷人的孩子早当家,六七岁的时候,他就从父亲嘴里知道,要想跳出农门,对他来说,只有一个办法——咬紧牙关考上大学。这句话,他牢记在心。

　　可是,很多人都在努力。很多人在努力,他就很难出类拔萃。当然,他的成绩也不是太差,只是不够理想罢了。于是,他自作聪明地用一把小刀和一块橡皮擦涂改成绩单,比如把"良好"改成"优秀",把"88 分"改成"98 分",等等。他涂改成绩单不是因为少年时代的顽劣,不是因为惧怕父亲手里的鸡毛掸子,更不是因为他虚荣,而是因为他害怕看到父亲失望的目光。那目光让他心颤,那目光让父亲显得更加苍老。多年以前,爷爷将希望寄托在父亲身上,可是父亲没能够让爷爷如愿以偿;现在,爷爷和父亲又将希望寄托在他身上,少年时代的他深知成绩单上每一分的重要性。

　　他改得很小心,很完美,他相信自己做得天衣无缝。他将成绩单拿回家给父亲看,父亲果然看不出任何破绽。多年后,他仍然记得当时父亲满足的表情。父亲点着头说几句称赞他的话,甚至会微笑着拍拍他瘦削的肩膀。然后,父亲拉他坐到炕前,将成绩单毕恭毕敬地递给年迈的爷爷。那时候爷爷的眼睛还好,看孙子的成绩单几乎是他晚年最开心的事情。他把旱烟袋砸得叭叭直响,他看得眉开眼笑,皱纹舒展。然后,直到睡觉前,他都是快乐的。晚饭必定是近些日子吃得最多的,饭后必定还会大声吼几句京剧名段。

有时候,他想,能给自己的父亲和爷爷带来那么多的快乐,这成绩单也总算没有白改吧?可是,他心里仍然藏着隐隐的不安与愧疚。于是,他暗下决心,下次一定拿一份诚实的成绩单回家。后来,他真的做到了,连续几年时间,他的成绩总是名列前茅。

他如愿以偿地考上了大学,并且最终留在了城市。

多年后,回到老家,与父亲席间闲聊,他将这件事情告诉了父亲。他说,那时候太不懂事,可是没有办法,他不想让父亲伤心。他知道自己是父亲的殷切期望,他知道在父亲的眼里,一份成绩单、一个分数代表着什么。

父亲听了,默默无语,表情竟然出奇地平静。

他纳闷,问父亲:"您难道一点儿也不生气吗?"

父亲说:"不。或许在当时,我心里的确产生过一些不舒服的感觉,但是现在,我想,我应该感激你。"

"在当时?"他愣住,"当时您就知道我的成绩单是涂改过的?"

"是的,我当然知道。"父亲说,"事实上你涂改得并不高明。我之所以不揭穿你,是因为我得维系你年幼的自尊,我知道一个人的尊严比什么都重要。我相信你终会长大,你长大了,便什么都明白了,便不会再做这样自欺欺人的事情。我相信自己的儿子涂改成绩单是有理由的,这理由肯定是为了我,肯定是为了不让自己的父亲伤心……"

他的眼角挂了泪。是啊,有谁比父亲更了解自己呢?年少时的自以为是、

年少时那点拙劣的小伎俩又怎么能瞒过自己的父亲呢?

"可是您刚才说,您还要感激我?"他仍然不解。

"是的,我当然要感激你。"父亲笑着说,"因为那几张经过涂改的成绩单,让你的爷爷在晚年里享受到了太多的快乐。和你一样,我也想哄自己的父亲开心啊!"

母亲的火炕

老家在海边,空气潮湿,即使在夏天,也得经常烧炕。夏天把火炕烧热了,掀开炕席,使之慢慢变得干燥,待热炕凉透,睡起来才舒服、才惬意,才不至于落下老寒腿之类的疾病。

那铺火炕独处一间屋子,我在那上面睡到整整 17 岁。然后我读了高中,又进了城,那火炕便在大多数时间闲下来。待我回老家,才能再一次派上用场。进城后,我便很少回老家,即使回去也是速去速回,在家里才待了一两宿,就被一个接一个的电话催回。一般情况是,回老家前,我先给母亲打个电话,等回去时,在冬天里,那火炕便是热的,在夏天里,那火炕便是干燥的,绝没有一丝潮气。

如果母亲知道我的归期,冬天里将火炕烧热、夏天里将火炕烧干烧透就不足为奇。我所纳闷的是,有时候双休日,我会在没有给母亲打电话的情况下突然回到老家,那火炕也是热的,也是干燥的。很长一段时间,我对此百思不得其解。

那次问父亲,父亲说:"你长时间不回家,你妈就会念叨你。到了星期五那天,她就会抱些柴火,将火炕烧透。这样你星期六回家,火炕就是干燥的了。"

"可是,妈怎么知道第二天我会回来呢?"

　　"她不知道。"父亲说，"她只是认为你可能会回来。如果第二天你正好回家，那火炕就没有白烧；如果第二天你没有回家，也就算了。然后，待下个星期五，你妈照例会把火炕烧热、烧透。你总会在某个双休日回家吧？她想让你一回到家就坐到干燥的、没有一丝潮气的火炕上。"

　　啊，原来是这样啊！当我在双休日为自己寻得很多个不回家的自以为是的理由时，我的乡下的母亲却在千百次地将火炕烧热、烧透，只为某一次，她的儿子在第二天恰巧能够回到她的身边。

扫码获取

☆ 本书音频
☆ 作者故事
☆ 写作指导
☆ 推荐书单

证 件

　　暑假时，父亲决定带儿子坐一趟火车，其实是想让儿子体验一下火车上的辛苦。在这之前，儿子一直把坐火车当成非常好玩的事情。

　　父亲是火车上的工作人员。

　　车厢里很挤，可是儿子却非常开心。他啃苹果，唱歌，用相机一张又一张地拍照。父亲坐在不远处的补票处一边为乘客补卧铺票，一边抽空瞅瞅他的儿子。需要补卧铺的乘客很多，可是票却很少，父亲只能让他们先登记，然后等火车到达前面的站点，如果有卧铺腾出来，登记的人便可以按顺序办理。补票处总是围着一群人，有男有女，有老有少，表情急不可耐。父亲当然希望他们每个人都能够补上卧铺票，可是他没有办法。

　　于是，便有人掏出自己的证件。他们肯定认为这些证件可以帮助他们买到卧铺票，最起码可以将他们的名字登记到前面。他们把证件凑到父亲眼睛下面，指着说："瞧，这是我的证件。"那些证件花花绿绿、五花八门，记者证、作家证、医师证、警察证、劳动模范证……父亲不厌其烦地告诉他们，不管如何，登记必须按次序来。"不是我不想为你们补卧铺票，而是现在确实没有空闲的卧铺。"父亲摊开双手，为难地说。

　　登记本上写了满满一页，而卧铺票，每到一处站点，只有那么有限的几张。

等待补票的人失望地摇头,又将希望寄托在下一站。这时,儿子看到一位老人挤到父亲面前,向父亲询问补票的事情。父亲想了想,说:"您只能先登记……不过,我可以将您的名字往前挪一挪,我只有这点权力。"老人问:"这好吗?"父亲笑笑说:"没什么,应该的。"老人说:"还是按次序来好了。"父亲说:"不,应该把您的名字往前挪一挪的……下一站就会有卧铺票,您稍等一会儿,马上就可以办理。"

儿子当然不解。他问父亲:"他有记者证吗?"

父亲笑笑说:"当然没有。"

"作家证?"

"没有。"

"警官证?"

"没有。"

"那您为什么把他的名字写到前面呢?"儿子问。

"因为他是一位老人。"父亲笑着说,"他的年纪就是他的证件。"

爱的隐瞒

　　刚当兵那会儿,他沉浸在难以抑制的兴奋之中。每天他都要英姿飒爽地穿上军装,让他的战友用数码相机一张又一张地为他拍照;每天他都要跑去微机室学习电脑,他不但学会了打字,还学会了用打印机给家里打印家书。他来自遥远的大山,那里有古树和石头、土地和村落。他的家静静地卧在村落一角,家里有几亩薄地和一头黄牛,有 14 岁的小妹和 60 岁的母亲。

　　字迹工整的家书散发着油墨的清香飞回大山,母亲自然喜上眉梢。她眯着眼坐在院子里,在细碎柔软的阳光下细细打量着照片上英俊挺拔的儿子。女儿站在一旁轻轻为她念儿子寄来的信,她认为世界上最幸福的事情莫过如此。有时,她会抬眼看一看连绵起伏的青山,看一看栖在树上的喜鹊或者玉鸟,那眼就笑起来了,她仿佛看见了自己的儿子:腼腆的儿子复员回来,明显长高和消瘦了许多。儿子站在她的面前,叫一声"娘",却再不知说些什么好。

　　夏天的时候,他参加了抗洪救灾。他乘坐着冲锋舟,一次又一次地冲进被洪水围困的村落。在山里他也见过大水,七八月天,洪水轰隆隆地从山上滚落下来,裹挟着断木残枝、泥土和石块、兔子或者狐狸的尸体。可是,他从来没有见过这样的水。这样的水无边无际,这样的水就像海洋。抬眼是黄浊的天,低头是黄浊的水,天与水之间没有一丝缝隙。他的冲锋舟满载被救的村民,她们有些像他的妹妹，有些像他的母亲。可是，在大水深处，在摇摇欲坠的大坝和随时坍塌的屋顶上面，他知道，还有无数个妹妹和无数个母亲等待着救援。他的冲锋舟再一次狠狠地切进去，在天与地之间扯开一线草绿色的缝隙。突然，一个巨浪扑来，他和他的冲锋舟都不见了。水面上出现一个巨大的旋涡，旋涡深处，可怕并且邪恶的利齿将他一点一点吞噬。

他消失了。听不到他的声音，见不到他的尸体。他被记功，被表彰，被奖励，被追悼，被怀念……可是这一切，全都没有让他远在大山的母亲知道。百病缠身的母亲怎么能够承受得住这样巨大的打击呢？那时候，距他当兵不过才刚刚半年。

之后，却继续有家书飞回大山，飞到母亲手里。母亲坐在小院里，听女儿一遍又一遍地念着儿子的来信。信里依然夹了照片，照片是他留在战友相机里的，足有近百张。照片上的他稚气未脱，照片上的他浅笑着看着自己的母亲。秋天，头顶的大雁们排成排，脚下的蚂蚁们匆匆忙忙。母亲闭上眼睛却有一滴眼泪从眼角滑出。一年里，她几乎无时无刻不在想念自己的儿子，甚至是在梦中。儿子是母亲的血和肉、身躯和灵魂，儿子几乎是她的一切。

信是儿子的战友寄出的。每隔一段时间，战友都会替死去的他写一封信。虽然生前他没有任何托付，但是他的战友认为自己必须这样做。当然用了打印机，为此他的战友需要徒步到几公里以外的镇上；当然夹了照片，那是让母亲相信和放心的唯一证据；当然还会寄点钱，有死去的他的钱，也有他战友的钱。有时，他的战友也会随信夹上一枚漂亮的绿叶，清晰的脉络、桃心的形状。他的战友躲在暗处偷偷哭泣，想起冲向汪洋中的一叶孤舟，想起自己远在故乡的母亲和姑娘。

当然,他的战友也会收到回信。回信很及时,是由母亲口述、妹妹代笔写的。信里说庄稼丰收,说黄牛产崽,说门前的槐树和院子里的月季花,说冬天的大雪和夏天的暴雨。信末,还不忘嘱咐他好好当兵,听话,上进,注意安全,等等。他的战友把这些信收起来,待清明或者他的祭日,一个字一个字地读给他听。他是朝着发大水的方向读给他听的,现在那里风调雨顺、鸡犬相闻。

这样的事情,他的战友一直做了五年,两年义务兵,再加三年志愿兵。战友绞尽脑汁编造出各种各样的谎言,欺骗着远在大山里的可怜的母亲。有时候,写到动情处,他会偷偷掉眼泪。而大多数时候,他甚至认为这已不再是谎言,而是一位健康的儿子真的在给他远方的母亲写信。在这世上,他有两个妈妈。

可是,他的战友深知这件事终不会隐瞒太久。当战友复员时,大山里的母亲便会得知儿子的死讯。当然别的战友可以接替他,当然相机里还有很多可用的照片,可是,他怎么忍心让一位失去儿子的母亲永远蒙在鼓里呢?最后,他决定去看望那位可怜的母亲,他会小心翼翼地将可怕的噩耗告诉她并请求她原谅自己的隐瞒和欺骗;他会帮她修一修破烂不堪的草屋;他会陪着她坐在小院里说话;如果有可能,如果有能力,他想他也许还会资助她的女儿读书。他知道她们生活得不易,他知道从此以后,她们将会生活得更加不易。

他的战友在小院里见到已经19岁的女孩。她有着很羞涩的表情和很明亮的眼睛,她和死去的他很像。他问:"你妈妈呢?"她说:"在屋子里。"他说:"我得见见她老人家,我有很重要的事情跟她说。"她顿了顿,说:"你随我来。"他穿过院子里的青石甬道,她告诉他,这是哥哥当兵以前替她们铺的;他看到墙角开得热烈的月季花,她告诉他,这是哥哥当兵以前替她们栽的。他轻轻掀开门帘,走进屋子。屋子里阴暗潮湿,却很干净。然后,他惊愕万分地看到,堂屋正中的桌子上摆放着一张老人的照片!

是一张黑白照片,周围黑纱环绕。

"我妈妈。"女孩指着照片,说:"前年去世的……癌症。"

"前年去世的?"他不敢相信自己的耳朵。

"没治好。"女孩低下了头,一副凄然无助的表情。"本以为能治好的,本以为至少她能熬过那个冬天。"

他低下头,久久不语。怎么跟她解释呢?他欺骗了她的母亲整整五年,现在,可怜的母亲已经过世,他将永远不会有机会请求她的原谅。也许弥留之际的母亲还在念叨着自己的儿子吧?可是她竟不知儿子早已经先她而云。

世界上最悲伤的事情莫过于此吧?

可是,他突然发现一个细节。在他收到的所有信里,竟然没有母亲病危的任何消息!这显然不合常理。就算母亲不想让儿子分心,就算母亲不忍打扰儿子的军营生活,可是在临去以前,她怎么可能不想见儿子最后一面呢?何况每个人都知道,当兵也是可以有假期的。

"母亲知道哥哥走了。"女孩递给他一杯水,说,"她早就知道……"

"早就知道吗?"他的身子晃了晃。

"是的……学校里有报纸……村子里也有……报纸是不会骗人的……还有你寄来的那些照片,同一个季节,同一个背景,同一套军装……我和妈妈都知道哥哥走了。"

"可是你们为什么仍然给我回信?可是你们为什么假装不知道?"

"是妈妈决定的。妈妈说,你是好心人,就让你替他做这些事吧。妈妈说,如果揭穿你,你肯定会责怪自己,肯定会伤心不已。妈妈说,当她看到你的来信,她宁愿相信这是她活生生的儿子寄来的。妈妈说,当她给你回信,她宁愿相信这些信真的是寄给她远在军营的儿子的。妈妈说,在远方,真的有我未曾谋面的哥哥,有她未曾谋面的儿子,他总有一天会来看望我们。妈妈说,记住,当他来了,你一定替我感谢他……"

年轻的兵早已跪倒在母亲的遗像前,泣不成声。

扫码获取
☆ 本书音频
☆ 作者故事
☆ 写作指导
☆ 推荐书单

父亲的庄稼

　　住在城市的父亲却有一片属于自己的庄稼地。

　　父亲对每一个节气都了如指掌。"春雨惊春清谷天,夏满芒夏暑相连。"父亲轻轻念叨,"立夏到小满,种啥也不晚……过了小满十日种,十日不种一场空……立秋处暑云打草,白露秋分正割田……处暑种高山,白露种平川,秋分种门外,寒露种河湾……粮食冒尖棉堆山,寒露不忘把地翻……"

　　父亲识天气。早晨起来,只需拉开窗帘看上一眼,他便能将当天甚至未来几天的天气猜得八九不离十。"日晕三更雨,月晕午时风。"父亲轻轻念叨,"天上钩钩云,地上雨淋淋……天上鱼鳞斑,晒谷不用翻……雹打一条线,霜扫一大片……"

　　父亲重节气,识天气,只为城市里那一片属于自己的庄稼地。

　　父亲对儿子说:"咱的小麦今天扬花啦!"父亲对儿子说:"咱的苞米今天抽穗啦!"父亲对儿子说:"咱的地瓜今天起垄啦!"父亲对儿子说:"儿,你说咱们明年要不要再种半亩大豆?"

　　儿子说:"行呢!您想种什么都行。"儿子弯下腰帮父亲搬动身体,父亲的身体僵硬得如一段朽木。父亲笑着伸出手,哆哆嗦嗦地一点一点拉开窗帘。阳光涌进屋子,屋子里顿时变得灿烂明亮。父亲看一眼窗外,说:"白露早,寒露迟,秋分种麦正当时。儿,小麦种上了吧?"

儿子笑笑说:"前几天不是刚种上吗?"

父亲说:"我眼睛不太好使……你帮我看看,苗出得全吗?"

儿子朝窗外看一眼,笑笑说:"很全。"

父亲再看一眼窗外,拉上窗帘。父亲满意地对儿子说:"现在,咱爷俩好好歇歇。"

但其实,父亲的窗外没有一棵庄稼。那是城市最繁华的街道,车水马龙,人流如潮。庄稼是父亲虚构出来的,身患半身不遂和老年痴呆的父亲,每一天都牵挂着心底那片虚构的庄稼。

第三辑

一双白运动鞋

铁布衫

做警察的父亲下班回家,才想起忘记给儿子买生日礼物。夜已经深了,他蹑手蹑脚地开门,蹑手蹑脚地换拖鞋,蹑手蹑脚地摸进儿子的房间。他吓了一跳。月光下,儿子睁大双眼,目光里充满期盼——他其实一直在等待父亲下班回来。

"怎么还没睡?"

"礼物,买了吗?"

他搓搓手,尴尬地笑。儿子看上一个能变出 32 种形状的变形金刚,他答应生日这天买给他。可是,他竟然忘记了,这该死的记性!

"要不,明天?"他为儿子掖掖被角。

"明天就不是我生日了啊!"男孩失望地说,"原来大人也有说话不算数的时候。"

突然,他有了主意。"谁说我忘了?"他笑着对儿子说,"刚才是逗你的。"

男孩猛然坐起来。

"不过,这礼物可不是什么变形金刚。"他说,"可是它比变形金刚厉害一百倍,我保证它是世界上独一无二的宝贝。"

"到底是什么?"男孩急不可待。

"马上给你看。"他说。他脱下外套，脱下毛衣，脱下衬衫。他裸着上身问儿子："看到了吗？"

男孩摇摇头。

男人说："看不到是因为你还小，你长大后就能看到了。我和你妈都能看到。事实上，我穿着一件铁布衫。铁布衫是你太爷爷送给你爷爷的，你爷爷又把它送给我。你太爷爷曾经是少林寺最厉害的俗家弟子，寺里的老方丈把铁布衫当成礼物送给他。铁布衫刀枪不入，你说，它是不是比变形金刚还要厉害百倍？"

"可是，这是你的铁布衫啊！"男孩眨着眼睛，"你肯把它送给我吗？"

"先说说你今天哭过吗？"男人突然转了话题。

"哭过。"男孩说，"我摔了一跤，很痛。"

"穿上铁布衫就不会痛了。"男人说，"以后再摔跤也不准哭了……我向你保证，它刀枪不入。"

男人做了一个脱衣的动作，他表演得逼真到位。他将虚构的铁布衫提在手里，轻轻拍打。他让儿子抬起左臂，再抬起右臂，他低下头，为儿子系上纽扣，又抖一抖、拽拽衣角。他站起来，退后几步，歪着脑袋打量他的儿子。"很帅！"他说，"以后你什么都不用怕了！"

"能打我一拳吗？"男孩有些不相信，"你用全身力气打我。"

"当然可以。"男人从嘴里喊出"哒"的一声，又用极其夸张的动作挥出一拳。然而，拳头落到儿子的后背却变成亲昵的抚摸。儿子乐了，兴高采烈地说："真的管用呢！"

男人笑笑，一回头，正看见他美丽的妻子。她倚门颔首，笑吟吟地看着深夜里这一对快活的父子。

那夜,男孩很满足,睡得很甜。

然而,几天之后,出事了。

一位试图抢劫超市的劫匪在行动失败后逃进男孩所在的幼儿园。他手持自制的火枪,劫持了幼儿园里的老师和孩子。他叫嚣着,如果警察们冲进来,他就会杀死所有的孩子。"我说到做到!"他晃动手里的火枪,枪口依次划过每一位惊恐万状的孩子的脸。

"请你放过他们。"幼儿园的老师说,"让我一个人做你的人质。"

"给我闭嘴!"劫匪一拳将她打倒。

她爬起来,抹抹嘴角的血,不再出声。她不想将劫匪激怒,她深知一个失去理智的手持武器的劫匪有多危险。

警察不断对劫匪喊话,试图通过心理攻势让他放下武器。那里面当然有男孩的父亲,可是面对穷凶极恶的劫匪,他没有任何办法。警察们做好最坏的打算,他们荷枪实弹,三个狙击手分别爬上三栋楼房的楼顶平台,瞄准镜里的"十"字同时对准一扇窗口。然而劫匪却没有上当。他很小心,他的脑袋总是巧妙地避开窗口,他手里的火枪片刻不离幼儿园老师的眉心。

劫匪要求警察在五分钟以内为他备好一辆车子,可是现在十分钟已过,仍然没有车子送来。他知道警察在拖延时间,他终于崩溃了。

他要杀掉人质。他要用杀掉人质的办法逼迫警察就范。他想从那个无辜的老师杀起。

他说:"这件事本来与你无关……我也不想杀你……可是现在,我也没有办法……是警察的自作聪明害死了你……要恨,就恨他们吧!"

那老师早已吓得说不出话来。

他的手指慢慢加着力气。他即将扣响扳机。

突然，他听到一个稚嫩的声音。"住手！"

他愣住了。他盯着眼前那个男孩，那个刚刚过完四周岁生日的男孩。

"你说什么？"

"开枪冲我来！"男孩仰着头，"不要伤害老师！"

"你再说一遍？"劫匪不敢相信自己的耳朵。

"你冲我开枪！"男孩上前一步，用小小的身子护住她的老师，"我有铁布衫，我不怕你！"

那一刻，劫匪突然感到了深深的恐惧，他的嘴唇和持枪的手同时剧烈地颤抖，他想起自己乖巧可爱的女儿。

"开枪啊！"男孩继续冲他喊，"你怕了？"

他真的怕了。他一步步后退，牙关紧咬。他的五官变得扭曲，表情变得狰狞。

枪还是响了。枪膛里只有一颗子弹，那颗子弹足以结束一条生命。然而，所有人都安然无恙——劫匪在最后一刻号叫着将枪口对准了天花板。

他跪下来，剧烈地呕吐。然后，他慢慢站起来，举起双手，走出去，走进阳光……

警察们冲进来。父亲紧紧抱住自己的儿子，号啕大哭……

十几年以后，劫匪找到男孩的父亲，那时他刚刚刑满释放，那时男孩的父亲刚刚退休在家。

一进屋他就跪下了。他说，他是来感谢他们父子俩的。如果没有小男孩，

那么,他要么被当场击毙,要么被抓捕后枪毙,要么现在仍然被关在监狱里。

"是他救了我。"他流着泪说,"现在我出来了,我还不到40岁,我还年轻……"

男人笑了。"其实当时真正救你的既不是他的铁布衫,也不是他的懵懂无知,而是你的善良。你相信吗?当一个成年人手持杀人利器面对一个单纯无畏的孩子时,那一刻所有人都会变得善良。"男人说,"所以,我宁愿相信世间真有这样一件用单纯、善良和亲情织成的铁布衫,当你把它穿到身上时,所有邪恶、丑陋、恐惧与死亡都不能伤你分毫。"

岁月的鞋子

穿在我脚上的鞋子见证了我成长岁月中一段贫穷并且温馨的岁月。

我记事很早。至今,我仍然隐约记得母亲给我做过的虎头鞋。虎头鞋喜庆并且厚实,鞋面上有一对走起路来就拍拍打打的老虎耳朵。我穿着这样的鞋子在院子里疯跑,母亲坐在小板凳上看着我笑。那时,母亲还很年轻,头发乌黑,面色红润。母亲有时在择一把青菜,有时在剥一筐玉米,不管母亲在干什么,她的脸上都带着微笑。母亲说:"小亮,慢点跑。"母亲眼睛明亮,目光柔软。

后来,我稍大些,母亲便不再为我做虎头鞋。然而,我的鞋子仍然出自母亲之手,母亲用了一块帆布、一团麻线和十几个夜晚。那是最标准的千层底儿,那鞋底儿几年也穿不烂。我穿着那样的鞋子上小学,却只需几天便让鞋面露了脚趾——母亲可以用千针万线纳出结实的鞋底,却没有办法找到一块结实的鞋面布料。我记得,那时,供销社的柜台上已经摆了很多漂亮的鞋子;我记得,那是改革开放初期,商品一天比一天富足。可是,母亲却因手头紧张,舍不得为我买一双哪怕最便宜的鞋子。母亲只是农民,她认为一双成品布鞋不是农民的孩子所能够消费和享用的。

我永远忘不了我的第一双成品鞋。那是一双运动鞋,其实不过是一双沾

上"运动"概念的布鞋。那时,我已经上了小学三年级,对别的家庭来说,买一双成品布鞋已经太过平常。大年初一那天早晨,母亲郑重地将鞋子摆到我的面前,连同一双雪白的运动袜。我穿上鞋子,在炕上蹦,在炕上走,在炕上跑,却不敢下地。我怕将鞋子弄脏,我怕再也没有机会得到一双真正的运动鞋。母亲坐在炕沿,看着我笑。

让我想不到的是,我眨一下眼睛的工夫,母亲就变老了。是的,我以为母亲永远都不会变老,可是她的确正在老去。我没有读过大学,高中毕业以后就进了工厂。那时候,一个农村孩子能进到工厂并不容易。工厂在离村子一百多公里的城市。临行前,我默默收拾行李,心中半是惶恐,半是快乐。母亲这时走过来,说:"这个也带上吧。"

那是一双皮鞋,有着漂亮的色泽和温润的品质。母亲说:"城市不比乡下,别让人家看不起。"说这话时,母亲低了头,我发现母亲眼中泪光闪闪。我还发现母亲的白发,那些白发藏匿于黑发之间,是那么醒目,令人伤感。令人伤感的还有母亲脸上的皱纹,一道道,一条条,不深,却顽固地趴伏在母亲的眼角、嘴角、额头……我说:"妈,您有白头发了。"母亲笑一笑,不语。我说:"妈,您有皱纹了。"母亲笑一笑,仍不语。她伸出手,想将皱纹抹平,却将皱纹抹了一脸。

母亲变老了。当孩子长大成人,母亲就变老了。似乎天下所有的母亲都是这样——自从有了儿女,她们的青春时光就已经结束。

那么,该是我为母亲做点什么的时候了。只是做点事情,我不敢妄称"报答"。

不过是做点事情,比如帮母亲扫扫地,帮母亲揉揉肩,帮母亲洗洗菜,陪母亲说说话，或者，更多时候，不过是回老家时在手里拎上一点东西。母亲照例会静静地看着我笑。母亲真的老了，她笑时，完全有了老人的样子。

去年夏天，老家来人，帮我捎来一蛇皮口袋东西。那是母亲托他捎来的，尽管母亲很想我，但是她很少进城。蛇皮口袋里装了黄瓜、西红柿、茄子、辣椒、大葱、韭菜、青玉米，那简直就是一个小型的菜园。然而，这些青菜里却夹着一双拖鞋——母亲亲手为我织的拖鞋，鞋面是蓝色的，用了结实的线。

拖鞋穿上脚，柔软，舒服，踏实，咯吱吱响——那是母亲的声音。

我的心猛地颤了一下。我突然想起，这么多年，我竟没有为母亲买过一双鞋子。

是这样。我来到城市，成为作家，我自以为很孝顺，可是，此刻，我仍然感到羞愧。因为我忽略了母亲的鞋子。这么多年，我总是忽略母亲的鞋子。我只知道母亲为我做了无数双鞋，我只知道母亲的脚步从来不曾停歇，可是，我从来没有注意过母亲到底穿什么样的鞋子。我为自己的发现深深自责，我认为我不是一个合格的儿子。

我匆匆跑去鞋帽超市，却发现那里为老人准备的鞋子其实并不多。鞋子们被挤在角落，显得无足轻重。我挑了很久，最终选中一双棉布拖鞋、一双平跟布鞋、一双保健鞋。我让售货员帮我包起来，售货员却笑了，她说："你好像忽略了鞋子的尺码。"

我想，我不是忽略了鞋子的尺码，我是忽略了我的母亲。那天，我没有把电话打给母亲，我怕她伤心。她走了一辈子路，她为儿子做了一辈子鞋，可是，她的儿子在为她买一双鞋子的时候，竟然弄不清楚确切的尺码。

最终，我把电话打给了父亲。两天以后，当我把三双鞋子送给母亲时，母亲却表现得很是平静。可是，我知道平静背后的母亲是快乐的。那快乐就像儿时的我穿上虎头鞋和千层底儿，就像少年的我穿上运动鞋，就像青年的我穿上皮鞋……母亲的快乐因了这三双鞋子，母亲的快乐因了她的儿子终于将她读懂。

是这样。我终于将她读懂。我懂音乐，懂美术，懂文学，懂市场营销，懂很多她想象不到的东西，可是，在这之前，我并没有读懂我的母亲。

我想，那不只是三双鞋子，那是我们之间的交流。虽然这交流来得如此之晚，在母亲老迈的时候。

我常常想，假如岁月也有鞋子，那么岁月的鞋子也在变换吧？虎头鞋、千层底儿、运动鞋、皮鞋，再然后，布鞋、慢跑鞋或者拖鞋。然而，现在，我只希望，不管岁月穿了什么样的鞋子，她的脚步一定要慢下来，慢下来，让我的母亲，让我们的母亲，能够在她们最后的岁月里，多看一眼她们的儿女。

这时候，她们是最快乐的。

扫码获取
☆ 本书音频
☆ 作者故事
☆ 写作指导
☆ 推荐书单

母亲的眼睛

　　母亲的祖母 60 岁以后陷入黑暗,母亲的母亲 50 岁以后双目失明,母亲今年 35 岁,她 7 岁的儿子双目炯炯有神。

　　然而,母亲总为他担惊受怕,有时候,夜里突然醒来,打一个寒战,浑身被汗水浸透。母亲开了灯,想着刚才的噩梦,暗自祈祷着,轻轻推开儿子卧室的木门。儿子恬静地睡着,翻个身,呼吸均匀。

　　假如顺其自然,母亲知道自己将会变成盲人,她的儿子也将会变成盲人。这是可怕的家族遗传,避不开,也逃不掉。黑暗像狰狞的魔爪,笼罩在她和儿子头顶,时刻准备凶残的一击。母亲憎恨过她的家族,憎恨过她的祖母和母亲,甚至憎恨过她自己——有些人自出生起就注定伴随不幸,她和她的儿子就是这样。母亲曾不想生下她的儿子,但当她试图结束腹中的小小生命时,她还是动摇了。"他是我的孩子啊!"她流着眼泪对她的母亲说,"他也是一条生命啊!"终于,母亲生下了他,同时带给他与生俱来的不幸与灾难。

　　可是,母亲又有几分庆幸。她庆幸生于这个时代。几年以前,她找到千里之外的一名医生,医生告诉她,她和她儿子的眼睛完全可以通过手术医好。"手术越早越好。"医生对喜极而泣的母亲说,"特别是对于你的儿子。"然后,医生为母亲开出一个天文数字的手术费用。那数字令母亲眩晕,母亲想,也许

她一辈子都赚不到这么多钱。希望之火似乎就在不远处,你甚至可以看见它在闪烁跳跃,你甚至可以感觉到它温暖的热度,然而,这条路又是如此漫长,母亲不知道自己能否抵达。

母亲开始疯了般地赚钱。每天,她需要在工厂工作八个小时;下了班,回家安顿好儿子,又要去雇主家中做两个小时的钟点工;从雇主家出来时已经很晚,母亲拖着她极度疲惫的身躯,还要赶去另一位雇主家……母亲的工作时间远在 12 个小时以上。每一天,母亲都在严重透支她的体力和健康。她吝啬地对待每一分钱,她知道,每省下一分钱,她的儿子距离手术台就近了一步。

她的视力每一天都在下降,她眼中的世界变得愈来愈模糊,每一天,她都会有短暂的完全失明的时刻。有时候,正做着工,她的眼前突然一片黑暗,就连近在咫尺的卡刀都看不见。母亲不得不停下来,扶住墙,让她的视力慢慢恢复。好几次,母亲差一点儿将她的手塞进飞速旋转的锋利的刀口。

母亲知道自己即将失明。母亲还知道她必须要赶在自己完全失明以前赚足儿子的手术费。她跟医生谈过,医生说:"根据你和你儿子现在的情况,你的眼睛才是当务之急。"她说:"不,我想让我的儿子动手术。"医生说:"你的儿子还小,虽然现在动手术是最佳时间,但他总还有机会。可是,你不一样,如果不动手术,你将变成盲人,不会有任何补救的机会。"她说:"我知道,可是我不可能赚够两个人的手术费。"医生说:"那么,你能接受你变成盲人吗?"她说:"我能接受……我没有办法,我只能接受……现在,只有我能够挽救自己的儿子……再说,儿子长大了,我要不要眼睛也就无所谓了。"

她继续发疯般地赚钱,她甚至又接了一份洗衣服的工作。她努力不让她的上司和雇主知道她的眼睛即将看不见了。她用一个女人能够想到的所有手段来掩饰自己。她凭听觉工作,凭记忆走路,用一个个模糊的黑色轮廓来猜测她眼前的世界。每天晚上,她很晚才回家,只要她的儿子没睡,她都会拿出那个存折,让她的儿子念出那上面的数字——她得知道儿子的眼睛没有任何问题,她得知道存折上面的数字已经非常接近。她笑了,笑出一滴眼泪。她的面前一片黑暗,深不可测。

只需要再领一个月的薪水,她就可以带着儿子去远方的城市动手术了,然而,此时的她视力已经接近全盲。

那个月的薪水装在她的口袋里。那笔钱不多,可是对她来说却无比重要。她走在马路上,摸索着向前,那条偏僻的马路上车辆稀少。她慢慢往家的方向走,尽管走得很小心,可是身体还是一点一点地接近马路的中央。一辆汽车冲过来了,她听到橡胶轮胎在沥青路面上摩擦出尖锐刺耳的声音。然后,她的身体便飘了起来。在空中,她捂紧口袋,想起自己年幼的儿子。

醒来时,她闻到刺鼻的酒精气味。面前影影绰绰,她听到一个温柔的女人的声音:"您总算醒过来了!"她问:"我是在医院吗?"对方说:"是的,您是在医院。您被一辆汽车撞到了,有好心人拨打了我们的电话。"她说:"撞我的汽车呢?"对方说:"汽车已经逃走了。"她问:"好心人呢?"对方说:"好心人也走了。"她问:"我很严重吗?"对方说:"不是很严重,不过您还是应该做进一步的检查。"她说:"不行,我得回家看我的儿子。"对方说:"您必须做一下全面的检查……我们可以同时通知您的家人。"她说:"我只有儿子。我没有钱……我的钱得留给儿子做手术……我不能花我儿子的钱为自己治病。"她拽掉吊针,爬起来,往外冲。护士抱住了她,说:"您需要冷静。"

她还是趁护士不注意的时候逃出了医院。她眼前的世界伸手不见五指,

她是凭感觉和记忆回到家的。她浑身都痛,踉踉跄跄。有一段距离,她几乎是在爬。她回到家,喊来她的儿子。她说:"帮我看看我口袋里的钱。"儿子说:"两千三百五十六块。"她说:"那存折上呢?"儿子说:"十五万六千九百三十块。"她长舒一口气,笑笑,说:"儿子,你愿意跟我去远方做一个手术吗?"儿子问:"什么手术?"她想了想,说:"一个小手术……我保证它一点儿也不会疼。"儿子问:"不做行吗?"她说:"当然不行……为了你以后还能看见太阳,看见葵花,看见马路和楼房,看见大海和高山,看见你的朋友和你的妈妈,你必须得做。"儿子想了想,耸耸肩膀,愉快地说:"好吧。"

母亲笑了,她摸着儿子的脸,在心里对自己说:"现在,你可以放心地变成盲人了。"

一双白运动鞋

　　我们一直把那种鞋子叫作白运动鞋，尽管它的样式和功能与运动鞋尚有很大差距。它其实就是白色的布鞋，在那个年代里却极其流行。学校开歌咏比赛，开运动会，过"六一"，父母们便咬咬牙，拆东墙补西墙，为孩子买上一双。孩子们上身穿了白衬衫，下身套了蓝裤子，衫摆掖进裤腰，扎一条亮堂堂的人造革腰带，再配上这样的白运动鞋，非常有范儿。

　　我也有一双白运动鞋，这双鞋花掉四块八毛钱。我记得清清楚楚，母亲卖掉鸡蛋，父亲卖掉长毛兔，然后，我便有了一双雪白的漂亮的运动鞋。那时正是冬天，我兴奋地穿上并不保暖的白运动鞋，在村子里疯跑不止。我一直清晰地记得那天的场景，一个长着光光的大脑瓢的男孩，穿一双雪白的布鞋，脚步震得小山村轻轻地晃。

　　自从我有了那双鞋子，梦里都是笑着的。

　　可是，几天以后，鞋子上便多出一个洞。

　　山村孩子淘气顽皮，从河面上砸下一块冰，人跳上去，手持一根竹竿，就可以把那块冰当成船来撑。我们称之为冰船，那是冬天里的主要游戏之一。那天正值下午，中午的阳光将冰面晒得有些松脆，可是我并未理会。冰船距离岸边尚有几米远，我助跑几步，猛地跃起。结果那块冰咔嚓一声裂开了，我掉进了寒冷的冰河。

好在河水仅仅及膝，可是掉进冰河的瞬间，我还是感觉冷水杀进了骨头。家自然是不敢回的，我只好在岸边升起一摊火，伸出脚去烤。这样烤了整整一个下午，当我站起来时，才发现鞋子被烤出一个硬币大小的黑点，伸出手指一捅，那鞋子上便多出一个圆圆的小洞。

那一刻，我胆战心惊。

我回家时，正好父母不在家。我把鞋子拿给哥哥看，哥哥一下子愣住了。

"怎么办？"我问他。

"补！"哥哥想了想，斩钉截铁地说。

他找来白布，剪下硬币大小的一块，然后一针一针地将这块白布缝在鞋子上。他笨手笨脚，补好的鞋子就像长出一个难看的伤疤。用不着仔细看，只需扫一眼，便可以发现鞋子上的手脚。哥哥抓了抓脑袋，说："这样好像不行。"

"那怎么办？"我急得流下眼泪。

哥哥想了一会儿，然后咬牙切齿地说："买鞋！"

那年，哥哥 11 岁，我 9 岁。我们不敢把鞋子烤出一个洞的事情告诉父母，因为我们知道，他们根本没有能力再为我买一双新的白运动鞋。我认为哥哥的办法不切实际，根本没有实现的可能——除了过年，我和哥哥就没有揣过一分零花钱——买鞋？父母都办不到的事情，年幼的我们如何可以办到？

可是，哥哥当天就开始了他的计划。他拉着我去了村里的打铁炉捡废铁。公家的打铁炉主要生产锄镰锨镢，几个铁匠聚在那里，胸前围着脏兮兮的皮围裙，到处火花四溅。院子里有一个很大的煤渣堆，哥哥说，那里面肯定藏着被打废扔掉的铁块。我已经记不清那时候废铁多少钱一斤，我只记得我和哥哥在那个煤渣堆里扒了两天,才扒出几块牛粪饼样的熟铁砣子。我们把熟铁砣子拿到镇上的采购站,共卖得一块八毛钱。

买一双新鞋还差整整三块钱。对我和哥哥来说,那几乎是不可能完成的任务。

每一天,只要在家,我都在不安中度过。我怕父母发现鞋子上面那个丑陋的补丁。为此,我给鞋子抹上厚厚的鞋粉,试图让那个补丁变得模糊,变得更加接近它周围的颜色。那段时间里,我寻找一切可以跑出去的机会——只有跑出去,我心中的那块石头才能够放下一会儿。

打铁炉的那堆煤渣被我和哥哥翻找了三遍,直到那里面再也寻不到任何煤渣以外的东西。几天后,哥哥带着我满村子捡废纸,捡废塑料,捡碎玻璃……这些东西都可以卖钱,可是这些东西又是如此稀缺——在小小的山村,即使捡上一天废品,也很难卖上一两角钱。而且,捡废品的时候,我们必须小心翼翼地避开村里人。并非我们怕丢人,而是怕这件事传到父母耳朵里。假如他们得知我将一双新布鞋烤出一个洞,我想,一顿巴掌自然是少不了的,如果再因此取消我过年时的压岁钱,那就得不偿失了。

整个寒假,我和哥哥就像两只目的明确的耗子在村子里游荡。我们把捡到的所有能换成钱的东西都送进了采购站,可是,我们赚到的钱仍然不够买一双白运动鞋。眼看就要过年了,大年初一这天,母亲要给我和哥哥换上新衣新鞋,再把我们脱下来的白运动鞋刷好晾干,待开学那天,我们便会再一次换上它。也就是说,我的白运动鞋必须要在大年初一以前买好,否则的话,我鞋子上的洞就瞒不住了。

村子被我和哥哥捡了几遍,现在,整个村子甚至连一块碎玻璃片都捡不到

了。可是,我和哥哥不过攒下四块六角钱,离那双白运动鞋的价钱还差两角钱,我和哥哥都心急如焚。

大年三十那天,哥哥带我去了镇上的采购站。他问采购站的工作人员,今天几点下班。对方说,因为今天是大年三十,所以中午就放假了。哥哥问他们能不能晚一些下班,他有一些废纸要卖。对方问,现在卖掉不一样吗?哥哥说,现在不凑手,四点以前,他肯定来。哥哥搓着手,11 岁的他就像一位商人般与对方讨价还价。几分钟以后,对方同意了哥哥的请求。一位年轻人说:"我在这里多值一会儿班吧!反正能赶上回家吃年夜饭就行。"

我和哥哥又去了镇上的供销社,谢天谢地,他们的下班时间是晚上六点。哥哥嘱咐他们一定要等到我们来,他说我们要买走柜台里摆放的那双白运动鞋。哥哥拉着我跑回村子,我问:"我们从哪里可以弄到废纸?"哥哥说:"我们去捡炮衣吧!"

按老家的风俗,大年三十那天早晨,家家都要放一挂鞭炮。有去门口放的,也有在院子里放的。哥哥和我每人拿一把扫帚,在大街上把炮衣扫起来,然后装进一个塑料袋。街上的炮衣扫得差不多了,我们就敲开一扇扇门,去人家院子里扫。我们说,我们正利用假期时间学雷锋,但实际上,我们只对扫起来的炮衣感兴趣。

我永远记得那一天。大年三十那天,山村里响起稀零零的鞭炮声,我和哥哥一人一把大扫帚,几乎扫净了村子里所有的炮衣。

终于,下午四点的时候,我们赶去了采购站,卖掉我们捡了一天的炮衣,凑够了剩下的两角钱。

然后,我们又赶到供销社,抱走一双白运动鞋。而那时,已经到了下午六点钟。

回到家，我偷偷把新鞋换上，吊了一个冬天的心才终于放下。我将那双旧鞋藏进炕窝，我想，当一年过去，当脚上这双新鞋烂得不能再穿时，我会把那双旧鞋翻出来穿上。到那时，母亲肯定不会批评我，甚至会夸奖我。一双鞋子穿了一年才破一个小洞，那是多么值得自豪的事情。

可是，那双旧鞋我再也没有穿过。一年以后，那双鞋已经不能够适应我疯长的脚板。又过了几个月，我去找那双鞋，它却不见了。

我硬着头皮问母亲，母亲说她把鞋子送给了邻居。"你以为你和你哥做得天衣无缝？"母亲笑着说，"其实那天你从河滩上回来，我就发现了你鞋子上面的洞。"

"可是你竟没有问。"我说。

"我知道你心里也不好受，而且那天晚上，我听到了你和你哥的计划。"母亲说，"我想，干脆由着你们去好了。不偷不抢，靠自己的劳动换来一双鞋子，难道不值得高兴吗？对了，你知道吗？是你爹去采购站求他们晚一点下班的，不然的话，怕是大年三十那天，你们纵是攒够了钱，也买不到一双新鞋了。"

我愕然。我和哥哥试图瞒住父母，但其实是他们一直在瞒着我们。他们瞒着我们，只因为他们信任我们，只因为他们认为我和哥哥已不再是小孩子，只因为他们知道一个 9 岁男孩的尊严其实也非常重要。

第三辑 一双白运动鞋

紫砂茶具

父亲不嗜烟酒,唯独喜茶。他将一把粗茶叶扔进搪瓷缸,添上开水,盖上盖儿,三五分钟以后,便可以慢慢享受了。夜里,父亲坐在小院的梧桐树下,一杯苦茶伴他走过许多难捱的年月。

父亲喝茶没什么讲究,集市上买的茉莉花茶、水井里提出的微涩的井水、一只伴随他十几年的粗瓷大缸,足够了。可是,他也羡慕一套好茶具,甚至羡慕喝茶时或幽雅或旷达的氛围。他说,年轻时去上海,有老乡请他去茶馆喝茶。"墙上挂着仿民国的日历牌儿,茶室里放着古筝小曲儿,灯不太亮,但光线柔和……用的是全套紫砂茶具,有茶壶、茶盘、茶托、茶杯、茶针、茶勺、茶夹……灯光晃在上面,古香古色,茶未沾唇,人先醉了三分;茶尖又细又长,把开水添进去,茶尖便一根根竖起来,一会儿上浮,一会儿下沉,一根根清晰得很……"父亲越说越兴奋,他一边讲解一边冲老伴和儿子比画,"喝茶的讲究多着呢。温壶、烫杯、装茶、高冲、盖沫、淋顶、洗茶、洗杯、分杯、低斟、奉茶、闻香、品茗……一个步骤都不能少。少了,忽略了,就是土老帽儿,就是糟蹋了好茶……"

其实,父亲就是土老帽儿。他做了一辈子民办教师,除了年轻时去过一趟上海,几乎一辈子都待在这个闭塞的山村。他能把喝茶的每个步骤倒背如流,可到他喝茶的时候,就抓过搪瓷缸,掀开盖儿,"咕咚"就是一大口。

"正经喝茶,还得用紫砂杯。用拇指和食指捏住杯沿,中指托住杯底……"父亲抹抹嘴角的茶沫,放下搪瓷缸,继续说。

儿子偷偷地笑了。他觉得父亲很是滑稽,似乎滑稽的父亲还带着几分可怜。那天,他拍拍胸脯说:"等我赚到第一个月的工资,一定给您买一套正宗的紫砂茶具。"那年,他18岁,读高三,他坚信自己能考上大学,并且终会留在城市里大把大把地赚钱。父亲咧嘴一笑,说:"就这么定了。"两个人击掌相约,他感觉手心被父亲拍得火辣辣的。

他真的考上了大学,真的留在了城市。可是,他并没有大把大把地赚钱,前几个月的工资仅够自己填饱肚子。终于熬到年底发奖金,却只有区区几百块钱。恰逢那几天一家茶具店正在搞清仓处理,他咬咬牙,花掉180块钱为父亲买了一套打折的紫砂茶具。他在街上给父亲打电话,说:"我给您买了一套纯紫砂茶具……一个茶壶、八只茶杯、一个茶勺……"父亲说:"那回家过年时,千万别忘带回来。"他从父亲的语气里听出努力抑制的惊喜和兴奋。

那时,距离过年只剩几天。

回到宿舍,他把茶具拿给朋友看,朋友只看一眼就说:"假的!""假的?"他骤然一惊,忙让朋友仔细看看。"你听,"朋友把两只茶杯碰撞出铛铛的声音,"真正的紫砂杯,声音不会这么混浊。"朋友又将茶壶凑近灯光,说:"真正的紫砂壶绝不可能有这样的光泽。"最后,朋友做总结说:"180块钱绝对买不到真正的紫砂茶具……回去理论吧!"

第二天,他去找店家理论,茶具店已经人走楼空。他再也没有多余的钱为父亲买一套真正的紫砂茶具,心想,干脆把这套茶具当成真的送给父亲吧,等

以后有钱了,再给父亲买一套真正的紫砂茶具。再说,父亲哪里认识紫砂? 即使这套茶具是假紫砂,也远比他那个大瓷缸好多了。

回到家,他将茶具送给父亲,父亲的眼睛立刻亮了,满是皱纹的脸笑成了一朵花。父亲急忙沏上茶,将茶壶、茶杯端到院子,和他喝茶喝到很晚。父亲用拇指和食指捏住杯沿,中指托住杯底……父亲用一套假的紫砂茶具喝出正宗的茶道。

然而,回到公司,他就把再给父亲买一套茶具的事情彻底忘掉了。第二年,过年回家,当父亲拿出那套茶具时,这件事再一次被他想起。这次,他认真地对父亲说:"等我回去,再给您买一套更好的紫砂茶具吧。"父亲说:"不用了,这套就挺好。""不,一定要再换一套。"他说,"这套款式有些落伍了。"父亲笑着说:"一套茶具用久了,那茶具便有了灵性……还是别换了吧。"

可是,他一定要换。不仅因为他不忍心让父亲把假紫砂茶具继续用下去,还因为父亲的招摇。只要来了客人,父亲必拿出那套茶具,沏上茶,与客人对饮。父亲会给客人讲茶道,一遍又一遍地做示范。他告诉客人这是真正的紫砂茶具,这套茶具是他儿子从大城市给他买的呢! 父亲露出得意扬扬的表情,却让自己的儿子极为尴尬和不安。

万一被别人看出那是假紫砂呢? 不但会让父亲极没面子,而且父亲会怎么看他呢? 一个为读大学花掉家中所有积蓄的儿子,却在工作以后,用一套假紫砂茶具来欺骗自己的父亲。

所以,他一定要送父亲一套真正的紫砂茶具。

他和朋友跑遍大半个城市,终于买到一套上好的紫砂茶具。他打电话告诉父亲,父亲却拒绝接受。"有那一套就够了,"父亲说,"要那么多有什么用呢?"他说:"可是,我已经买好了。""那你自己留着吧!"父亲说,"等你明年结婚,放在家里,也是一套不错的摆设呢。"

可是,他没有听父亲的话。春节回家时,他将那套真正的紫砂茶具带回老家。

父亲将盒子打开,看看,摸摸,又将盒子重新盖起。"不错,不错。"父亲说,"你自己留着吧。"无论他怎么劝,父亲就是不肯要。晚上,家里来了客人,父亲再一次把以前的茶具搬出来,沏上茶,几个人边聊边喝。儿子端起茶杯,便有了主意。

茶杯掉落在地上,咣当一声,摔得粉碎。

父亲愣怔了足有半分钟,然后弯下腰,把碎片仔细收拾起来,嘴里一个劲儿埋怨儿子竟这样不小心。父亲心疼地说:"多好的紫砂杯啊,就这么摔碎了。"他笑笑说:"可能紫砂杯真通了灵性,知道家里来了一套新紫砂。"父亲不理他的油嘴滑舌,手捧那些碎片,脸上露出惋惜的表情。

最终,他还是把那套真正的紫砂茶具留给了父亲,把那套假的紫砂茶具带了回来。

一次,朋友来玩,正好看到那套茶具。朋友将茶壶、茶杯拿起来细细地看,问他:"你什么时候又弄回来一套紫砂?"

他说:"这还是几年前那套假的。"

朋友再一次把茶壶、茶杯拿起来。他将两只茶杯碰撞出清脆的声音,又把茶壶凑近灯光。"这不是你以前买的那套。"朋友肯定地说,"虽然款式一模一样,但这是一套真正的紫砂茶具。"

怎么可能呢? 一套假的紫砂茶具怎么在用过几年之后就变成真的了呢?

他决定给父亲打个电话，问问清楚。

是母亲接起的电话。母亲小声告诉他，他拿回去的那套茶具的确是真正的紫砂。

"可是，我明明送了一套假紫砂给父亲啊！"他说。

"是的，你送给你爹的那套紫砂茶具的确是假的。"母亲说，"其实，你爹当时就发现了，只是他没有说。他知道你肯定不是真想送他一套假紫砂茶具，你应该是受骗了，或者是手里的钱实在紧张……他不让我跟你说，他怕你再为他花钱，或者心里不舒服……"

"可是，茶具怎么又变成真的了呢？"

"这套是你爹买的。"母亲说，"你知道，和你爹要好的几个老哥们都认识真正的紫砂。你爹怕他们说你故意买一套假紫砂糊弄他，就悄悄托人买了一套真的回来。每次家里来了客人，你爹都会指着那套真正的紫砂茶具说，这是我儿子在大城市里为我买的呢……"

他咬着嘴唇，久久无语……

扫码获取
☆ 本书音频
☆ 作者故事
☆ 写作指导
☆ 推荐书单

遥远的煮蛋

平常日子,母亲很少吃鸡蛋。在生活艰苦的年月是不舍得吃,现在生活水平好了,母亲却又患上高血压。高血压是需要注意饮食的,大夫曾经特意嘱咐过她。一年里,母亲必吃鸡蛋的日子只有三天:自己的生日、老伴的生日、女儿的生日。

生日那天吃煮鸡蛋是老家的风俗,一家人都要吃,叫作"咬灾"。据说,这样过生日的人便可以避开灾难。不过是一个风俗而已,和春节放鞭炮、端午节划龙舟一样,信与不信,都是那么回事。

未出嫁时,每一年她过生日,母亲都要煮上满满一盆鸡蛋。那些鸡蛋可以吃上好多天,这让她以为自己的生日可以过好多天。可是,今年不一样,今年,她嫁到一个遥远的小城。这座小城没有生日那天吃鸡蛋的风俗,当然更不会有"咬灾"的说法。"不咬灾,就没有灾了,"她的丈夫说,"日子顺顺利利地过,不更好?"

但是日子并不顺利。先是她在上班途中被一辆摩托车撞倒,住了半个多月的医院;紧接着,丈夫的公司裁员,让他失去工作;然后丈夫一个人试着做生意,却被所谓的生意伙伴将本钱骗个精光;再然后,他们新买的房子又因为产权问题有了纠纷。各种意外接踵而至,她感觉自己几乎有些撑不下去了。

她打电话给母亲,轻描淡写地说了这些遭遇,本想敷衍过去,母亲却一遍又一遍地追问。可是,电话那端的母亲能做什么呢?无非是几句安慰的话翻来覆去地说,直让她听得厌烦。过生日的前几天,母亲更是叮嘱她一定要多煮几个鸡蛋"咬咬灾",她嘴上虽然答应,语气却是心不在焉。母亲当然能听出来,她不肯放下电话,一个劲地说:"一定啊,一定要煮啊。"她终于开始不耐烦,顶撞了母亲几句,就挂了电话。电话刚挂上,她心里就有了不安和内疚,后悔刚才对母亲的态度有些不好。

又一次,父亲打来电话,告诉她母亲近来身体状况很不好,头晕眼花,血压总也降不下来。"可能是为你的事情操心的吧。"父亲说,"每天睡觉以前,她总是唉声叹气。"听父亲这样说,她更是内心不安了,心想,她和丈夫无非是遇到一点小麻烦,怎么能让母亲也跟着担惊受怕呢?谁这一辈子都会遇上点不顺心的事,只要咬紧牙关,还有什么迈不过去的坎儿呢?于是,她决定回老家看看,看看母亲,也让母亲看看她。

她和丈夫把回家的日子定在母亲生日那一天。

她和母亲坐在客厅闲聊,发现母亲的白发又多出很多。似乎母亲正在加速衰老,言和行都有了老年人的样子。母亲是因为担心她而老去的吧?她怕眼泪流下来,忙挤进厨房,和父亲一起准备午饭。菜摆了满满一桌子,很丰盛,当然,少不了一盆煮鸡蛋。

吃菜之前,先吃煮鸡蛋,为母亲"咬灾",年年都是如此。

可是,今天,母亲没去动煮鸡蛋。

她挑出一个鸡蛋,剥去壳,递给母亲。她说:"妈,吃一个吧!"

母亲摇摇头,露出为难的神色。母亲说:"我这么大年纪了会有什么灾?

你们替我吃几个就行了。"

"这怎么行呢?"她将煮鸡蛋递到母亲嘴边,说:"寿星怎么能不吃呢？还是吃一个吧!"

父亲从她手里接过那个煮鸡蛋。"还是别让你妈吃了,"父亲说,"前些日子,她一顿饭吃掉 12 个煮鸡蛋,吃得血压升得很高,到现在好像也没怎么降……"

"一顿饭吃掉 12 个煮鸡蛋?"她愣住了。

"是啊!"父亲说,"你过生日那天,为了给你'咬灾',你妈一口气吃掉 12 个煮鸡蛋……她饭量小,中间歇了三次……她吃了这辈子最多的一次鸡蛋……"

她想起来了。她生日那天,她终未为自己煮上几个鸡蛋。可是,远在老家的母亲怎么会知道的呢？母亲当然会知道,母亲可以感觉到。母亲虽然身在遥远的乡下,目光触及之处只是小小的农家院落,可是,对于女儿的生活,对于女儿的一举一动,对于女儿的所思所想,她完全能凭自己的感觉了如指掌。母亲知道女儿肯定不会给自己"咬灾",于是,就在乡下为女儿煮上满满一盆鸡蛋。母亲不但吃掉自己的那一份,还吃掉女儿的那一份以及女婿的那一份。然而,母亲仍不满足,她还想多吃几个,她想把女儿的灾难全部吃光……

她低头不语,默默吃煮鸡蛋,心里说:"妈,今天就让女儿替您吃下 12 个煮鸡蛋吧。"

第四辑

油饼翻身

与父亲"斗智"

　　自从我进了城,与父亲的联系便以电话为主。每次我给父亲打电话,与父亲唠几句家常之后,便再也找不出可说的话来。我和父亲都不善于表达,"我爱你""我想你"这样的话根本不可能说出口。

　　城市里总有各种各样合理或者不合理、愿意或者不愿意的应酬。时间长了,我想父亲想得受不了,便希望父亲能来一趟,哪怕仅仅住上几天,哪怕面对面不说话。电话打过去,父亲却说没什么事情,哪能总往儿子家跑呢,让村里人笑话……再说,进了城,连头都晕呢! 的确是这样,父亲在农村生活了一辈子,不习惯城市的空气与人群。

　　我只好跟他撒谎,说:"我在屋后开了一片小菜园,种了四垄豆角,如果您有时间,能不能过来帮我扎个架子?"父亲说:"那倒可以,不过,你得来汽车站接我。"

　　在城市,父亲根本分不清方向。

　　父亲来时,带了锄头,带了镢头,带了铁锹,甚至带了一小袋化肥。父亲进到我家,水也没喝一口,便向我打听地在哪里,豆角在哪里。我告诉他地还没开呢。父亲盯住我,突然笑了。"我就知道你在骗我!"父亲眨眨眼睛,说,"不过我还是带来了农具。"

父亲知道我在骗他，可是，父亲还是来了。父亲不但来了，还带来了他的农具。父亲是一个农民，一个农民父亲进城，即使只为看一眼儿子，也需要借口。

那几天的晚上，我推掉了所有的应酬。我陪父亲坐在餐桌边喝酒，偶尔说一两句不咸不淡的话，更多的时候便是沉默。父亲也曾经年轻过，年轻时的父亲也是虎背熊腰，满胳膊满腿腱子肉。可是现在，父亲老了，父亲为我倒酒时，我看到父亲手背上的点点老年斑。

住在我家的父亲并没有闲着。白天，他转遍了小区和小区后面的那片空地，然后，果真在那里为我开出一个菜园。他在菜园里种上辣椒、豆角、大葱和胡萝卜。父亲冲我狡黠地笑笑，说："菜籽都是我从家里带来的。"

父亲远比我聪明，他甚至从老家带来了菜籽。我"欺骗"了父亲，父亲也"欺骗"了我。我向父亲"索取"了时间，父亲也向我"索取"了时间。在这件事上，我们配合默契——这"索取"同是"给予"——很多时候，索取和给予都是快乐的。

那是一个非常小的菜园，甚至小过我的五步书房。可是父亲说，够了，足够了。我理解父亲的意图。有了这块菜园，父亲就可以名正言顺地来儿子家住上几天，跟儿子喝喝酒，或者，就这么看着我，笑笑，什么也不说。

去年夏天，我难得有了几天空闲，便不顾一切回了老家。城市日新月异，老家却没什么变化，跟从前一样的田野、一样的鸡鸭、一样的屋舍和远山。那几天自然忙坏了父亲，他宰鸡杀鸭，不亦乐乎。我们坐在小院里喝酒喝茶，看一群群麻雀掠过乡村的低空，然后，我们不再说话。

不说话，也是一种交流，那是一个时代与另一个时代的交流、一段时光与

另一段时光的交流、一个儿子与一位父亲的交流。

然后，我要回城的时候，父亲问我："今年，那块地的长势还不错吧？"

我说："还不错。"

我发现父亲的眼睛亮了一下，又很快变得黯淡。

我急忙说："不过，也不是太好……有些菜，似乎长了蚜虫。"

父亲立马笑了，说："过几天我去看看，种了一辈子地，还对付不了几只蚜虫？"

我说："家里的菜园有没有什么时令蔬菜，我想带一些回去。"

父亲说："有啊！什么蔬菜都有，辣椒、豆角、大葱、韭菜、黄瓜、茄子、茴香、西红柿……你等等啊！我去弄些给你。"

其实，这些菜，在城市里买起来非常方便，而且价格便宜。我从父亲这里拿来一口袋蔬菜，到车站时必须得打车回家。车站距我家非常远，我至少要花费40块钱才能够将父亲的蔬菜搬送回家。

可是值了，很值！

因为那一天的父亲是快乐的，因为以后几天的父亲都是快乐的。这快乐因了我的"索取"和"欺骗"，更因了父亲的甘愿被"索取"和甘愿被"欺骗"。

我和父亲在"斗智"中交流着我们彼此的岁月，我和我的父亲其实都在一天天老去。

油饼翻身

　　每次回家,母亲都会为他烙几张油饼。烙油饼需要不停地翻动——翻一个身,轻轻拍打,再翻一个身,再轻轻拍打,油饼就松了,散了,软了,嚼起来又不失劲道。油饼不大,白里透黄,一层层紧挨着,沾满了翠绿的葱花。吃油饼还得配一碗荠菜汤,乡野的荠菜干净、鲜美,最适合做汤。水开了,将鸡蛋搅得膨松,倒进去,拿勺子慢慢地转,鸡蛋又被拉成细丝,盛进碗里,蛋花且金且银,荠菜翠绿,再滴一滴圆润如琥珀的香油,闻之则醉。

　　油饼配荠菜汤是他小时候的最爱。现在他长大了,在城市里有一份属于自己的事业,回家的次数变得极少。偶尔回家,必是事业遭遇不顺。回到家,他垂头丧气,看什么都不顺眼,干什么都提不起精神。可是,无论如何,母亲一定要给他烙几张油饼,烧一碗荠菜汤。油饼仍然是儿时的滋味,香、散、软、韧,仿佛那香可以渗透全身,舒筋活血,再喝口热汤,通体舒泰,他的心情便好了很多。

　　那次回家,母亲却病倒了。积劳成疾,母亲的病绝非来自一朝一夕。见他回来,母亲吃力地爬起来,说:"给你烙几张油饼吧?"他说:"不用了。"母亲说:"知道你爱吃。"他说:"那也不用了,您躺下休息就好。"他陪母亲坐了一会儿，便出门找他儿时的伙伴聊天诉苦。他不想将他工作的难处告诉母亲，更不想让他的坏心情影响到母亲。整个村子里，他只信任他那位儿时的伙伴。

等他傍晚回来时，却见母亲已经烙好了油饼，旁边放着一大碗飘着香气的荠菜鸡蛋汤。母亲满头是汗，气喘吁吁，一手撑着椅背，一手扶住腰，花白的头发沾在脸颊上，脸上却挂着笑容。他有些心痛，说："妈，不是说等我回来做饭吗？"母亲笑笑，说："知道你只有在工作不顺利的时候才回家。你工作不顺，妈一定得给你烙油饼啊。"

"为什么一定要烙油饼？"

"油饼翻身啊！"母亲说，"吃了翻身的油饼，你就会翻个身，回到城里，工作就会好起来了。"

呵，油饼翻身。以前他听母亲这样说，以为这只是烙油饼的方法，充其量不过是烙油饼的技巧。他真的不知道，原来，自从他进城以后，每次回家，母亲给他烙的油饼里还有着这样美好的寓意。所以，即使母亲拖着病体，也要为他烙"翻身"的油饼。这就是母爱吧！

"可是，您怎么知道我工作不顺心？"

"如果你工作得顺心，又怎么有时间回来看妈呢？"母亲笑着说，丝毫没有责怪他的意思。

他坐下来，吃母亲为他烙的油饼，喝母亲为他烧的荠菜汤。饼香软，汤鲜美，他知道，很多时候，母亲想他，却并不希望他回来。他回来，必是因为工作不顺心，母亲希望他在城市里的事业一帆风顺。

常回家，这样简单的道理，他懂，却做不到，只因为很多时候，他如太多轻狂的年轻人一样,有自以为是的事业。

　　油饼翻身。现在,他确信,待他老了,他也会为他的儿子烙油饼,也会将
"翻身"的美好寓意烙进每一张油饼里。

母亲的端午

小时候,盼端午如盼过年,只因在端午可以吃上粽子。母亲包的粽子用了新鲜的苇叶和上好的糯米,米香与苇香缠绕交融,清香软糯,入口即化。现在,超市里,粽子四季有卖,随时可吃,端午之于我,变成一个可有可无的节日。

端午节的前一天,我正在外面办事,突然接到母亲的电话,说她在超市正好遇到有小袋的糯米卖,问我要不要买一袋。我问她买糯米干什么。她说:"包粽子啊!一年就一个端午,不包粽子怎么行?"我说:"等傍晚我去超市买吧,回家时顺便捎回去。"母亲说:"要不我先把这袋糯米买下?"我说:"您买了怎么往家带呢?等傍晚,我肯定去买。"母亲说:"可是糯米只剩下一袋了啊!"我说:"您放心吧,城市里的糯米到处都是。"母亲仍然不肯放下电话,说:"那你千万记得捎回来啊!"她一遍遍叮嘱我,直到我有些厌烦。放下电话,我又暗自发笑——生活再怎么好,母亲也忘不掉端午的粽子。

回家时已经很晚,站在门口,我才猛然想起母亲嘱咐过的糯米。这个点城市里所有的超市都已关门,我心想,这个端午,家中注定不会飘着粽香了,心中不觉有些怅然。

我推开门,竟有粽香扑鼻。难道母亲包了粽子?我掀开锅,果然有母亲包的粽子在。三角形、墨绿色的粽子密密麻麻地挨着,熟悉且可爱,闻之让人食欲大开。那些粽子看起来是那样亲切,那是童年的粽子。

我问母亲:"糯米不是卖完了吗?"父亲插话说:"你妈买下了最后一袋。"我问母亲:"你怎么把这袋糯米拿回来的?"父亲说:"她扛回来的……一袋糯米 10 斤,她扛了足足一里路……她说,你肯定会忘掉买糯米的事情……她说,你做的事情,随便哪一件不比粽子重要呢?"

那一刻,我红了眼圈。母亲年初时来到城市,这是她在城市里过的第一个端午。为了让一家人能够吃上她包的粽子,六十多岁的母亲竟扛着一袋糯米走了一里多路。我相信扛着糯米的母亲、包着粽子的母亲、看我吃粽子的母亲,都是快乐的。她说我做的每一件事情都非常重要,可那时,我突然感觉,我做的哪一件事情能比得上端午节母亲包的一个粽子重要呢?

父亲的骄傲

　　父亲退休后回到乡下。他在城市里做了十几年工,却没有能力在城市里安家。父亲说,这样也好,本来他就属于乡下。乡下有山有水,有绿的田野和骡马亲切的气息,城里有什么呢?"连公园里的大树都是从乡下连根拔起,然后挪栽过去的。"父亲这样说。

　　然而,他的儿子却住在城市。年轻人和老人对于城市的看法正好相反。城市里有霓虹,有超级市场,有高耸入云的写字楼和飘散着香气的咖啡厅,乡下有什么呢?"连镇上的路灯都是城市里淘汰掉的。"儿子这样说。

　　儿子在城市里有一份属于自己的工作,却没有一栋属于自己的房子。儿子在工作之余写诗歌、写散文、写小说,发表后,样刊和稿费都寄回老家。没有固定收件地址只是原因之一,原因之二是他也想让父母在村里人面前招摇一番。其实,这更是他自己的卖弄和显摆——记得从前,村里没有人认为他可以在杂志上发表一个字——现在,他想要村里人知道,他不但可以在刊物上发表文章,他还是作协会员。

　　稿费被父亲一笔一笔地记到本子上,样刊被父亲一本一本地锁到柜子里。邮局距村子约有两公里,每一次来了稿费,父亲都要徒步去取。有时候,母亲劝他:"就不能多攒几张单子一起去取?"父亲说:"反正闲着也没事,权当散步了。"说完就出了院子，手里紧紧地攥着稿费单。村里人见了，问他："干什么去呢?"父亲就会自豪地回答："给儿子取稿费去啊!"那表情，似乎儿子刚刚获得了诺贝尔文学奖。

可是，父亲的腿脚并不灵便，在去邮局的途中，他常常需要停下来休息一会儿。即使这样，父亲也从来没有让任何一张稿费单在家里过夜。

这一寄就寄了整整五年。后来，儿子回老家，村里人见了，半开玩笑半认真地说："大作家回来啦!"儿子嘿嘿地笑着，表情竟有些拘谨和不安——他已经过了那种自以为是的年龄，现在，他认为作家并非一种身份而是一种职业——与工人、农民一样的普通职业。可是，如果父亲这时候恰好也在旁边，那表情就会非常得意。作家在父亲心目中仍然是神圣的，父亲仍然以他为荣。可是，他对父亲这样的举动却微微有些反感了。

那一年，他在城市里有了自己的房子，于是，他就跟父亲商量，以后能不能把样刊和稿费寄到城里，这样不仅自己方便，父亲也能清闲一些。父亲看看母亲，母亲说，那样也好。"你爹的腿脚一天不如一天了，有时去一趟邮局，中间得歇两次。"母亲替父亲作主，"以后，就寄到城里算了。"

父亲一直没有说话。他盯着自己绞到一起的两只手，目光变得黯淡无光。他昏昏沉沉地睡了一个下午，醒来，对老伴说："我想再开一块菜园。没有事做，我会闷死的。"

其实，父亲并非没有事做。他也钓鱼，也打牌，也和村子里的老哥们喝茶聊天。只是不去村委给儿子取信件，不去邮局给儿子取稿费，就突然觉得无事可做了，母亲和儿子都认为他的话有些夸张。

似乎父亲就是从这一天开始变老的。在街上散步时，他的腰杆不再挺得

笔直;和一群老哥们喝茶聊天时,他也不再是妙语连珠;他的腿脚变得更加不便,回到家,常常跟老伴抱怨这儿痛那儿痛。菜园他倒是常常去看,可是,即使去了,他也多是默默地坐在那里抽一根烟。有什么活儿可干呢?巴掌大的一块菜园,干一天活,半个月都不用再去理它。

这些事儿子并不知道。儿子在城里忙他的事业,写他的诗歌、散文和小说。样刊和稿费直接寄到新居,这给他省去不少麻烦。只是春节回到老家,他发现父亲的话少得可怜,背也更驼,人似乎比夏天时又老了很多。他问父亲:"身体不好吗?"父亲说:"身体很好。"他问母亲:"爹怎么了?"母亲说:"可能是闲的吧? 以前天天忙着给你去取稿费和信件什么的,他反倒精神些。"母亲也许猜到了父亲衰老的真正原因,儿子在这件事上倒显得有些愚钝了。几天后回城,样刊和稿费仍然寄到城里的新家。

一个月以后,他接到母亲的一个电话。母亲说:"你爹今天突然变精神了,不但胃口极好,话也像以前那样多起来,人似乎也突然间年轻了很多。"他问母亲:"为什么?"母亲说:"不知道。不过今天早晨,镇上邮递员送过来一张你的稿费单。也许是你忘了让那家杂志社改地址,他们就把稿费单寄到这里来了。钱不多,58 块。你爹帮你把这笔钱记到本子上,然后乐呵呵地帮你去取了。他说,路上他一次都没有歇,只感觉两条腿变得像年轻时一样灵便……"儿子在瞬间恍然大悟。他问:"我爹呢?"母亲说:"他吃完晚饭就出去了,去和他那帮老哥们喝茶了吧。这老家伙肯定是跟他们显摆那张稿费单呢……"

放下电话,儿子偷偷地红了眼睛。他一直认为自己对父亲的一切都很关心,现在想来,他的这种关心更多只是自己的一种自以为是吧! 以前他只知道向村里人证明自己,后来他只知道父亲的身体不好,却唯独忽略了自己是父亲的儿子,是已经老去的父亲的儿子。每个父亲都曾经是儿子的骄傲,每个儿子又都会变成已经老去的父亲的骄傲。大概父亲是愈老愈天真吧?他迫切需要将儿子的成绩变成自己的骄傲。尽管这成绩可能很小,小到微不足道,甚至根本不是什么成绩,但是没有关系,父亲可以把它夸大。能夸大儿子的成绩,能在别人面前炫耀被夸大了的儿子的成绩,对每一位父亲来说,都是一种无可取代的快乐吧。在那时,每一位父亲都如孩童般单纯和天真,年纪越大,这种单纯和天真表现得越是强烈。或许,这正是每个父亲的天性、每个男人的天性吧。

第二天,儿子给所有的杂志社打了电话,他请求他们将样刊和稿费仍然寄回他的老家。他说,如果可以,请在信封的收件人位置写上父亲的名字。

扫码获取
☆ 本书音频
☆ 作者故事
☆ 写作指导
☆ 推荐书单

生 日 快 乐

男孩刚满 18 岁,身体健康,相貌英俊。男孩刚刚考上理想的大学,刚刚有了暗恋的女孩。生活向男孩敞开一扇明亮的窗户,让他看到迷人美好的风景。

今天是男孩 18 岁的生日。

男孩约一群朋友去城市里最有名的酒吧庆祝生日。之前,男孩并不喝酒,可是今天,他想自己一定要喝一点。并不仅仅因为他满 18 岁了,还因为那一群给他庆祝生日的朋友里有他暗恋的女孩。女孩穿了雪白的连衣裙,留了柔顺的披肩长发。女孩看着他笑,眸子里有水晶般的幻彩。于是,男孩醉了,将一杯酒一饮而尽。

那天,男孩点了很多酒:威士忌、白兰地、伏特加、朗姆酒、新加坡司令、烟台干红、青岛啤酒……男孩就像一位大款,口袋里塞满了坚挺的票子。当然,朋友赞助了他一些钱,但更多的是他自己的钱。可是,男孩不过刚刚考上大学,所以,他的钱其实就是母亲的钱。早晨,他对母亲说今天想请客。母亲问:"那你晚上不回家吃饭吗?"他说:"一辈子就一个 18 岁生日,想和朋友们聚聚。"母亲问:"你有钱吗?"他说:"还有 60 块。"母亲笑了,她说:"你想请朋友们吃泡面吗?"然后,母亲从抽屉里拿出一沓钱,说:"好好玩几天吧! 过几天,就要开学了。"母亲送他到门口,就像送一位即将远征的将士。母亲嘱咐他早些回来，手扶着暗黄色的门框，目光柔软。

有了这些钱，男孩可以尽情地挥霍。他给女孩点了最贵的梦幻火焰冰淇淋，又给其他每位朋友点了一杯蓝色玛格丽特。每个人都喝醉了，他们跑到舞台上吼歌，又蛮不讲理地抢走乐队伴奏的吉他；而当灯光变暗，音乐轰鸣，他们甚至蹿上了桌子。他们尽情并且潦草地释放着青春的激情，摇摆着青春的节奏。整个夜晚都是属于他们的，他们说着幼稚的废话、大话、空话，放纵欢乐，目中无人。他们并不了解这个世界的险恶与艰难。

母亲打来一个电话，问他还在外面吗。他说："是。"母亲说："别玩太晚……请客别太寒酸，也别乱花钱。"他说："好。"母亲说："你什么时候回家？"他说："马上。"他已经开始不耐烦了，他想，自己已经成年了，母亲怎么还是处处管着他呢？女孩问谁打来的电话，他说："一个朋友。"女孩说："可是，我好像听见你叫她妈。"他耸耸肩膀，说："你听错了。"

那天，他们疯到很晚。他送女孩回家，头痛欲裂。他从出租车里探出脑袋，他看到城市的夜晚模糊不清。这就成年了吗？一场狂欢之后，他突然有些惶恐。

他轻轻上楼，轻轻开门，突然愣在那里了：母亲正坐在沙发上打盹儿。

"回来了？"看到他，母亲站起来，笑了笑，走到厨房，捧出一个蛋糕。

"您一直在等我？"他有些吃惊。

"是啊。"母亲说，"今天是你 18 岁生日，从今天起，你就不是小孩子了，我怎么能不等你呢？"

"可是，这么晚了……"

"这么晚了我也得等……还好你回来得早……没过 12 点呢。一辈子，你

只有一个18岁……"

他坐下来,母亲已经熄灭了客厅的大灯,又为他点上蜡烛。"许个愿吧!"母亲说,"许完愿,我们一起吃蛋糕。"

刚才,他们也有蛋糕。蛋糕是酒吧送的,却被他们全部抹到了脸上。刚才,他也许过愿,可是,周围吵吵闹闹,他甚至不知道自己许下的愿望是什么。他在外面疯了一天,他见到各种各样的人,想到各种各样的人,却完全忘记了自己的母亲,然而,他的母亲却为他18岁的生日一直守到深夜。

可是,母亲身体不好。他知道,母亲不能熬夜。

母亲说:"吹蜡烛吧!等你回来,只想亲口对你说一声:'生日快乐!'"

那一刻,他流下眼泪;那一刻,他无法不流下眼泪。

第五辑

阳光划破你的脸

爱的回报

　　那段时间,她常常想到死。生活突然变得黯淡无光,没有一丝希望。一场突如其来的车祸让她的两条腿完全失去知觉,她只能每天躺在床上,两眼呆呆地望着天花板。母亲送来的饭菜被她全部掀翻在地,她说:"我不要吃饭,我死了算了!"她把所有的烦躁都发泄到母亲身上,母亲成了她的出气筒。

　　母亲含着泪花,把打碎的盘子捡起来,默默地为她再做一次饭,再端过来。她再掀翻,母亲再做。整个过程,母亲不说一句话。

　　半年后,她的心情稍稍好了一些,她知道生活还得继续。可是,该怎么继续,她的心中仍然充满惶恐。躺在床上的她开始听收音机,从醒来一直听到再一次睡去。听收音机成了她唯一的乐趣。后来,母亲为她买了耳机,这让躺在床上的她更舒服一些。

　　那天,她听到一档交友节目。无所事事的她向节目拨过去一个电话,留下家里的电话号码。电话就放在她的床前,是母亲在她出事后挪过来的。以前,母亲常劝她没事给自己的朋友打个电话,这样的话,心情可能会变得好一些。可那时,她几乎一整天不说一句话,更不会打什么电话。她不知道今天为什么要打这个电话,是因为太过无聊,还是她的确需要一位倾诉的对象。那时,母亲坐在她的身边,母亲小心翼翼地说:"有什么事跟我说不好吗?"她笑笑。有些话为什么不能跟母亲说呢？她也不知道。

那天晚上，她果真接到一位陌生女孩的电话。那位女孩记住了她在节目里留下的电话号码。她们聊的时间不长，却是她自瘫痪以来说话最多的一次。第二天，女孩再一次打电话过来，她们就像熟识多年的老朋友。女孩向她倾诉心中的苦闷，说自己不漂亮，没有男孩子追，声音很是伤感。那天，她在电话里开导了女孩很长时间，直到女孩的声音重新变得明快。那天，她很开心，饭吃得也多。母亲问："今天有什么开心的事吗？"她说："没有，没有。"这算一件开心的事吗？好像不过是对无聊生活的调节而已。它改变不了自己的现在以及将来。

可是，她想错了。因为那档节目，不断有交友电话打过来。每天的电话会占去她大半天时间，她变得忙碌起来。与电话那端的人熟悉、成为朋友后，他们就会向她倾诉心中的苦闷。每到这时，她就会一点一点地开导他们。一开始，她的开导毫无章法，甚至连她自己都说服不了。可是，慢慢地，她发现自己的口才越来越好，她的劝说和指导也变得条理清楚、无懈可击。一次，母亲听完她一个电话，说："你完全可以成为心理指导方面的专家了。"她说："真的吗？"母亲说："当然是真的……你试着写一本有关心理方面的书，如何？"

于是，她开始写那本书。她趴在床上，写得很艰难。其实，她对那本书并不抱多大希望，她不过想证明自己能够写出这样一本书，至于能不能出版，反倒无所谓了。

写作的过程远比想象中艰难百倍。打给她的电话越来越多，有些是她未曾谋面的那些朋友，有些是朋友的朋友。她知道自己停不下来，好像她已经成为小城的名人，成为一位可以给别人解除心里烦闷的医生。她不得不买来很

多专业书籍，一边学习一边写她的书。两年后，那本书终于写成，在母亲的帮助下，她联系到一家出版社。结果那本书得以顺利出版，她得到很大一笔报酬。

她手捧散发着墨香的书，泣不成声。她想，她终于找到了存在的价值，她坚信自己是世界上最幸福的人——尽管，她仍然站不起来。她想，一直以来，并不是她在帮助别人，而是别人在帮助她。她对母亲说，她想在家里搞一个聚会，请来所有给她打过电话的人，她要当面向他们致谢。因为假如没有他们，她可能仍然生活在孤寂和绝望之中，一辈子都找不到自己的位置。

母亲沉默了很久，然后向她道出了实情。母亲说："其实一开始，给你打电话的那些人都是我的同事和朋友。是我一家一家敲开他们的门，让他们打电话给你。我知道死板的开导对你没有任何用处，所以只能换一种做法，让你去开导他们。那时，我不过想让你重新振作起来，并没有料到你会在这方面有所作为。你当然应该好好感谢他们，但是，你还应该感谢你自己。因为你对他们付出了太多的关怀，并在这其中得到太多的快乐。你现在取得的成绩不过是这种关怀最好的回报。"

"可是，为什么一直有这么多电话？"她仍然不解。

"因为你后来真正做出了成绩。"母亲说，"一开始的确是别人在帮助你，可是，后来就变成了你在帮助别人。你的电话帮助很多人解除了心里的苦闷，一传十，十传百，你就赢得了更多人的信任。因为他们的信任，你停不下来，只能不断地学习，终有今天的成绩。事实上这个成绩是爱的无限放大——别人给你的爱以及你给别人的爱。"

那一刻，她泪流满面。她想，她第一个要感谢的应该是一直被她当成出气筒的母亲啊!

她没有停下来,一连出版了好几本心理方面的书。后来,她不仅成为小城里的名人,还成为一位很有名气的心理学专家。每天她都过得充实而快乐,可是,她的母亲却不能和她分享这份快乐了。在她第一本书出版后不久,因为一场重病,母亲永远离她而去。

她常常被一些高校邀去讲课。无论去哪里,她的前两句话总是固定不变。她说,不管有没有感觉到,请你坚信,你的痛苦就是母亲的痛苦,你的快乐就是母亲的快乐,你的成功就是母亲的成功。可是,母亲可能没有时间来分享你成功的喜悦。所以,从现在开始,爱她们吧。

她接着说,还请你坚信,你帮助别人的同时也在帮助自己——因为几乎所有的爱都是有回报的。

然后,她才开始讲课。

扫码获取
☆ 本书音频
☆ 作者故事
☆ 写作指导
☆ 推荐书单

阳光划破你的脸

男人住在地下室里已经两年有余。这间租来的地下室阴暗潮湿,散发着混浊难闻的霉味。地下室没有窗户,更不会有阳光,冬天时,室内阴冷得就像静寞的北极。地下室里摆着一盆花,那花早已枯萎,趴着,缩着,即使没有风,枝叶也会在某一个瞬间突然有细微难觉的摇摆。

男人有他的故乡,男人的故乡山清水秀。那里有他的女儿和妻子、黄狗和水井、庄稼和土地、篱笆和向日葵。可是,男人却来到城市。虽然城市热闹繁华,阳光和暖,但这一切都与男人无关。男人很少走出地下室,除了买些必需的生活用品,其余时间他总是闷在地下室里。地下室就像一个被放大的老鼠洞,男人就像一只时刻保持警惕却已经接近崩溃的耗子。

房东是一对四十多岁的中年夫妇,男的在贸易市场上卖菜,女的在贸易市场上修鞋,两个人的摊位相隔不远,抬头可望。他们有一个十多岁的儿子,他们的儿子没有读过一天书。每天,男孩待在院子里,与蚂蚁说话,与蚯蚓说话,与金黄色的阳光说话,与天空中快速掠过的飞鸟说话,偶尔也会跑到地下室里,与男人说话。男孩口齿不清,他的胸前总是亮汪汪一片。但这并不妨碍男孩享受快乐,男孩总是咧着嘴巴冲他笑。

男孩是一个有智力障碍的孩子。对有智力障碍的孩子来说,快乐总是容易获得的,他想。

整个漫长的春天,绝大多数时间里,他都待在阴冷逼仄的地下室里。他不敢上街,他感觉街上的每个人都在打量他、研究他,心怀叵测。他更害怕遇到警察,当警察从他身边走过时,他会产生一种接近虚脱的感觉。他永远忘不了两年前的那个夜晚,那天夜里,他高举起刀子,脸上的表情狰狞如鬼。就是从那天起,他开始拒绝阳光。事实上,他认为,地下室里的他真的是一个鬼——见不得阳光的鬼。

男孩坐在他的对面,冲他笑。他问:"你笑什么?"男孩说:"你的脸比我都白。"

是这样吗?他抓过镜子,发现果然如此。镜子里的男人憔悴不堪,胡子爬上脸颊,头发变得灰白——两年时间可以定格不动,两年时间也可以老去百年——他那纸一般苍白的脸没有任何光泽。

"你不想出去晒晒太阳吗?"男孩口齿不清地问。

"晒太阳?"

"好大的太阳。"男孩咧着嘴,阳光很暖和。

"哦,晒太阳。"他的心头轻轻一震,蓦然间想起自己的女儿。以前,女儿也常常拉他出去晒太阳,在开满葵花的篱笆小院里,在一条黄狗和一口水井的旁边。那时的太阳是金子般的质地,他的皮肤也是,连时间和日子也是。可是现在,他告诉男孩,他不能出去的。

"为什么呢?"男孩歪着脑袋,拽了拽他的胳膊。"难道你不想陪我玩一会儿?"男孩说,"到院子里去看看吧,很好的太阳。"

男人愣了愣,终随男孩去了院子。确如男孩所说,很好的太阳,很暖的阳

光。院门紧闭,院子里阒静无声,似乎这方小小的空间早已与世界彻底隔绝。可是,这里又是如此熟悉,蚂蚁们匆匆忙忙,墙角静静地开着不知名的花花草草,淡淡的清香阵阵袭来,阳光懒洋洋地照着,一切都是那般美好,让男人身心松弛。男孩为男人搬来一把凳子,男孩说:"你应该多晒太阳的。"

男人喜欢这种感觉,可是,他仍然恐惧。街上的任何一点动静都令他心悸,令他的神经再一次紧紧地绷起来。那天,男人在院子里坐了两个小时,虽然只有两个小时,可是,男人分明感觉到金黄的阳光已经渗透他的皮肤,穿越他的肌肉,深入他的骨骼,最后,停留在他的灵魂深处。

那感觉刻骨铭心。

男人重新回到地下室,重新做回耗子。可是,那几天时间,他总是怀念着院子里的阳光,想象着大街上的阳光。他更想念他的女儿和妻子、黄狗和土地。在梦里,他一次又一次地回到故乡,亲吻女儿和妻子,抚摸黄狗与土地。醒来,男人泪流满面。

男孩在某个上午再一次拜访了他。男孩盯着他的脸看了很久,说:"你的脸好像爆皮了。"

"爆皮了?"他愣住,慌忙抓来镜子。果然,他的脸变得粗糙无比。

怪不得这几天他的脸一直火辣辣地痛。怪不得当他的手抚上自己的脸,即刻会有糙如砂纸的感觉。怪不得有时在梦里,他会梦见自己被炽烈的阳光烤焦融化。原来,他的脸爆皮了!他那苍白的脸已经不能够接受哪怕两个小时柔和的阳光!他被阳光灼伤了脸!他真的变成了只能够躲在夜里的鬼魅!阳光对他来说,就像火,就像硫酸,就像锋利的刀子……

他吓傻了。怎么会这样?

"你怕阳光吗?"男孩睁着懵懂的眼,"你怎么连阳光都怕?"

"我……怕……阳光吗?"他问自己。

"你怕阳光。"男孩点着头,咧着嘴,流着口水,"你真的怕阳光……以后,你千万不要晒太阳,你得一辈子藏在地下室里,藏在黑暗里。"男孩自顾自地为男人下着结论。

那个瞬间,男人有一种彻底绝望的感觉。当然,以前男人也曾绝望过,但是无论哪一次都没有这次来得强烈、纯粹、彻底并且绝对。男人呆呆地望着镜子里的自己,心头猛然划过一道强烈的闪电。那道闪电击碎他心中摇摇欲坠的堡垒,男人听到倒塌之音。

男孩已经走到门口。这个有智力障碍的孩子竟也走得大摇大摆。

男人喊住了他。男人站起来,走过去,牵了他的手。

"我们去大街上走走吧!"男人笑笑,说,"去晒晒太阳。"

一条短信的延伸

2010 年夏天的一个傍晚，我正吃着晚饭，忽然接到一个陌生号码发来的短信。说是有一位正读大学的女孩身患重症，但她坚信，如果有了 999 位陌生人的祝福，就可以战胜病魔。如果方便的话，能否发送个祝福过去。短信的最后留有另一个陌生的手机号码。

对于这类短信，通常我是不会理睬的。据说，这是一些皮包公司的惯用伎俩，他们经常会编造出一个个凄惨的故事，然后让你发个短信过去。最终的目的是让你上当，然后骗取你的短信费。

第二天出差，我在火车上备感无聊，于是掏出手机，想玩一会儿游戏，不经意间又看到那条短信。重读一遍后，我想，干脆发一条过去吧，万一那边真的有一位身患重症的花季女孩，万一那位女孩真的需要一位陌生人的祝福，如果就这样置之不理的话，好像有些太过冷漠和残忍；再说，就算这是某个皮包公司的骗局，对于我来说，也不过是损失了一毛钱而已。

尽管不相信几个祝福真的能够挽救一条生命，但最终我还是写了几句祝福的话并发了过去。想不到，仅过了一会儿，对方就回复过来，只有两个字：谢谢。

后来，因为种种原因，我更换了手机卡；再后来，随着时间的推移，也就把这件事慢慢地淡忘了。

2015 年春末，同样是在一个傍晚，我接到一个电话。电话是一位男孩打来的，在确定了我的身份后，一个劲地向我道谢。我说："谢什么？"他说："那个短信。"

他告诉我，他是那位女孩的哥哥，通过本市日报社的一位好心的编辑，得知了我的手机号码，然后给我发了那样一条短信。他说，他这么做的目的，只是想让我为他身患重症的妹妹送去一个祝福。因为他的妹妹坚信，只要拥有了 999 位陌生人的祝福，便能够重获健康。

"可是，你怎么知道我现在的手机号码？"我问。

"还是那位好心的编辑告诉我的，费了很大的劲儿。"最后，他坚持要请我吃饭。

男孩的年龄不大，像是刚刚大学毕业的样子，他坐在我的对面，有些不安和拘谨。为了缓和一下气氛，我开始没话找话。我问他："最终凑够 999 位陌生人的祝福短信了吗？"他说："是的，比想象的容易些。"我说："这些发过短信的人，你现在都能够找到吗？"他说："有些换了号码的就很难找到了——你是个例外。"我说："难道你要——请他们吃饭并当面致谢？"他说："是的，只要能够找到。不过，一个月只能请三四位，我的工资有限。"说这话时，他一副轻描淡写的表情。

看得出他非常爱自己的妹妹。我想，那位女孩能有这样一位哥哥，一生都应该是幸福的。

菜上齐了，男孩开始拼命喝酒，表情有些哀伤。突然，我发现自己一直忽略了一件事：既然我的祝福帮助了他的妹妹，那么，他妹妹为什么没有来？我

小心翼翼地问:"你妹妹现在读大几?"男孩喝了一口酒说:"妹妹走了。去年秋天走的。其实,999 位陌生人的祝福并没有让她重获健康。可是,我仍然要当面一一感谢你们。"他再一次给我深深地鞠了一躬,然后又喝了一口酒。

我唏嘘不已。女孩终究还是走了,那么我们的这些祝福对她来说岂不是没有任何用处?

"这些短信曾给她无限的快乐和希望。每天,她都会一条一条地翻读,然后一条一条地回复。"男孩说,"所以,尽管这些祝福没有能够将她留住,但她在离去的时候面带微笑。"

女人的愿望

得知自己的病情后，女人吓得哭起来。她说："这怎么可能？我还这样年轻。"男人和医生忙安慰她说："先别害怕，现在不过确认那是个肿瘤，到底是良性还是恶性，需进一步确定。如果是良性，一点关系也没有；如果是恶性，还可以治疗嘛！"可是，女人早已乱了方寸，她跟着男人往回走，嘴里喃喃着："怎么可能呢？我还这样年轻！"

女人很年轻。年轻的女人喜欢唱歌、跳舞，喜欢读书、摄影，更喜欢旅游。可是，女人工作太忙了，她给自己和家人留下的时间便显得太少。尽管如此，她还是为自己制订下诸多计划：今年学古筝，明年学国标舞，后年学钢琴，大后年为自己再买一台单反相机……今年去西藏，明年去尼泊尔，后年去泰国，大后年去意大利……她认为那些东西她都能够学会，她认为那些地方她都有机会去——只要给她足够的时间。然而，现在，女人想，也许有些东西，她再也没有机会接触了；也许有些地方，她终是一生都不会拜访了。

她的身体没有任何不适，去医院里做例行体检时发现了那个肿瘤。肿瘤很小，埋伏在脖子一侧，手捏上去，犹如一粒坚硬的芝麻。可是，女人知道，这芝麻也许会像鞭炮那样炸开，变成两个；再炸开，变成 4 个；然后，变成 8 个、16个……女人的身体终会被数不清的肿瘤吞噬，那时的女人注定仍然年轻。女

第五辑　阳光划破你的脸

97

人走下出租车,再一次流下眼泪。她不想死,她留恋既美好又令人疲惫的世间。

算起来,她与男人结婚已整整六年时间。六年里,他们其实很少能够厮守。男人在另外一个城市做工,每个月至多回来一次。儿子久住乡下奶奶家,当男人回来时,他们就会一起去乡下看他,然后在第二天匆匆赶回城市。有时候,夜里,女人盯着床头柜上的照片,突然感觉她的儿子竟然有些陌生。

手术需要在一周以后进行。一周时间里,男人从乡下接回三岁的儿子,然后他守在家里,守着忐忑不安、满是恐惧的女人,一步也不敢离开。然而,口拙的男人根本不会安慰女人,他只是重复着:"你不会有事的,不会有事的……"男人轻握着女人的手,女人甚至能够感觉男人比她还要紧张和恐惧百倍。

女人躺在竹椅上,躺在阳光里,身边是熟睡的儿子和喝着热茶的男人。明天女人就将躺上手术台,她对男人说:"不知哪一天能够再一次看到咱家阳台上的阳光?"男人笑笑,握着她的手说:"别胡思乱想,你不会有事的……"女人歪了头,看看男人,突然问他:"假如情况不那么乐观,你知道我最想干什么吗?"

"别乱说话。"男人有些紧张,"你真的不会有事。"

"我也希望自己没事。"女人说,"但假如,我说假如,假如肿瘤是恶性的,假如我最多还有一年生命,你猜我最想干什么?"

"不猜行吗?"男人挤出一个艰难的笑。

"一定得猜。"女人笑笑,"必须猜。"

"去泰国吧!"男人搓搓手说,"记得你跟我说过好几次,想去一趟泰国。"

"错了。"

"去意大利？"

"也不是。"

"学古筝？为自己买一架钢琴？"

"不对。"

"试着写一本自传？"

"都不是。"女人摇摇头说，"如果真的被'判了死刑'，那么，我哪里也不想去，什么也不想学，一个字也不想写……我想我不会去做化疗，虽然我知道化疗也许会产生奇迹，但是我还知道，化疗能够将一个人折磨得什么也干不成……假如我真的只剩下一年生命，那么，听我说，我只想待在家里，趁自己还能动，还能笑，守着你，守着儿子，给你们做饭，为你们做家务……这算是这几年来我对你们的补偿吗？我想不是。其实，对我来说，那些事，比如做饭、拖地、刷碗、在花瓶里插上动人的花朵，应该是一种温馨的、至高的享受吧？可是，奇怪的是，以前我一直没有发现……守住你们，守住家，度过生命里最后的岁月，该是不幸中最后的幸福时光吧？"

男人拥住女人的肩膀，两个人的眸子里早已泪光闪闪。

送你光明，留住光明

　　这些年，她一直在寻找那个男人。那时，她伏在男人的后背，随着男人的动作荡来荡去，如同一个滑稽的提线木偶。可是，她还有感觉。她无数次回忆那种感觉，寻找那种感觉，可是，在她的记忆里，那个正午，全世界都是灼热的火焰。火焰为她和男人闪开一线，她听到男人的胸膛里挤出风箱般沉闷的喘息声。

　　记忆里那个正午如同休憩的猫般安静。她斜倚床头，胡乱地翻一本杂志，阳光拐过窗台，轻轻滑过她的发际。阳光敦厚温暖，让她想起爷爷，又让她恹恹欲睡。她果真睡了过去，她在梦里走进梨园，在如雪的梨花里甩起水袖。她喜欢听戏，更喜欢花梨木。小时候，在故乡，每逢春天，她都会静静地坐在一簇簇雪白的梨花之间，看扯成丝线的浮云缓缓从她头顶掠过。她更喜欢花梨木——紫棕的光泽、美致的纹理、温润的质地、淡雅的清香，不必太过雕琢，随随便便放在那里，便是一件艺术品。她就有这样一件稍加打磨的花梨木摆饰，那是爷爷送给她的，似岭非岭，似山非山，似佛非佛，似仙非仙。花梨木摆饰蹲守在她的床头，她和它都没有意识到，灾难即将降临。

　　她被一阵叫喊声惊醒时，屋子里已是浓烟滚滚。她冲向阳台，她看到四散而逃的人们。她摸索着抱起花梨木摆饰，试图冲出屋子，可是，她只跑出几步便浑身瘫软,栽倒在地。意识一点点从她的体内溜走,一起溜走的还有她的生命。

她被一个男人扶起,然后,她便伏上了男人的后背。整个过程没有一点声音,面前的男人仿佛是不声不响的神。她的思维一点点回归,男人的后背如烙铁般坚硬滚烫。等她醒来时,她已仰躺在小区的广场上,她看到整栋大楼变成一朵扭曲的巨大火焰。她想起她的花梨木摆件,想起爷爷,想起童话般的梨园,她大喊:"我的花梨木……"男人像得到命令般,矫健的身影再一次冲向火海。

她再次晕厥过去,醒来时,她发现自己躺在安静的病房里,身边摆放着她的花梨木摆饰。花梨木被熏得乌黑,就像刚刚从池塘里挖出的藕。她伸出手指,轻轻一勾,她再一次看到花梨木紫棕色的沉稳和绚丽的光泽。

那光泽让她流下眼泪。

她变得一贫如洗,可是她还有那件珍贵的花梨木摆饰。为了生活,她忍痛将花梨木摆饰卖给一个古董商人,然后用那笔钱开始了艰难的创业。几乎每天夜里她都会梦到火焰,梦到男人,梦到如雪的梨园和慈祥的爷爷,梦到令她牵肠挂肚的花梨木摆饰。她经常去那个古董商人那里,看一看她的花梨木摆饰,闻一闻她的花梨木摆饰,摸一摸她的花梨木摆饰,尽管她知道,那花梨木摆饰早已不再属于她。终有一天,古董商人被她感动,说:"待你有了钱,再买回去吧!按当时卖给我的价钱就行。"

几乎每一天,她都在试图找到那个男人——男人给了她第二次生命,也给了花梨木摆饰第二次生命。她甚至幻想某天会在大街上遇见他,她对他说声谢谢,他红了脸,搓着手,表情拘谨。可是,那个正午,她甚至没有看清男人的

脸。她认为,或许她今生都不会有向男人表示感谢的机会。

可是,她突然见到了男人。那天距男人将她救出火海已经过去了整整十年。

她缩在床头看电视,突然一惊,心脏狂跳不止。男人正在接受采访,声音浑厚,表情阳光。令她难以置信的是,男人的眼睛竟然没有一点光泽!男人说,他是九年前彻底失明的,九年以来,他已经习惯了在黑暗中生活。他还谈到那次火灾,他说,他当时正好经过那里,听到呼救声就冲了上去。这么多年他一直未曾对任何人提及此事,包括他的朋友、他的孩子、他的父母、他的爱人。现在之所以要说,是因为他庆幸自己在完全失明以前做过这样一件事情。他说,其实每个人都应该替别人做一点事情,在自己尚有能力做这件事情之前。无论事情大小,倾其所有或举手之劳,都无关紧要。重要的是,你去做了,并且你的行为拯救了他人。他说得轻描淡写,她却泪水涟涟。

之前她只见到过他的后背,听到过他的呼吸声,可是她确信,正在电视上接受采访的男人就是她一直在苦苦寻找的救命恩人。她给电视台打去电话,她终于有了当面向他致谢的机会。然而,那天晚上,她突然改变了初衷——她还想把她的角膜捐献给他,让他重见光明。

或者说,她想让他为自己留住光明。

这个想法是突然之间冒出来的,她想,也许这就是天意。几年来,她一直与病魔做着抗争,现在,她终于万般无奈地向病魔缴械。她悲伤,恐惧,她不想死,可是,生命留给她的时间已经不足半年。她想为世间留下一点什么,她希望当她离去以后,"她"尤在——比如那件漂亮的花梨木摆饰,比如她与男友的浪漫爱情,比如她的店铺,比如她的角膜……将角膜捐给她曾经的救命恩人,她认为她可以了却一桩心事了。

他们相约在午后的咖啡馆。浓郁的阳光挂在邻座的窗子上，似乎随便一扯便可以攥满一把。她看着阳光，再一次变得伤感，她对男人说："你救得了我一时，却救不了我一世。这是我十年以来第一次见到你，也是这一生最后一次见到你。我已经变得非常虚弱，我还会越来越丑。你能为我留守一片光明，我在九泉之下或许会稍稍心安。祝你健康，好运。"

"可是，我不能接受你的角膜。"他抬起头说，"尽管我知道你心存感恩。"

她愕然。

"对我来说，做完那件事情，就完了。"他说，"我冲进屋子救你只是我的本能，或者，只是男人的本能；我再一次冲进屋子，只因你的眼神告诉我，留在屋子里的花梨木摆饰对你非常重要。我根本来不及多想……或者，就算大火肯留给我深思熟虑的时间，我仍然无法拒绝……"

"那就请接受我的请求。"她说，"让我为你做点事情……"

"我不能。"他看着她说，"你知道吗？在中国，因角膜伤病的失明者有二百多万人，可是由于角膜缺乏，每年的角膜移植手术只有一千多例。你知道这二百多万人中有多少孩子吗？有近三分之一。也就是说，中国有七十多万孩子因为缺少可供移植的角膜，日复一日地生活在无边的黑暗之中。他们还是孩子，黑暗让他们恐惧……"

"你的意思是……"

"如果你一定要感恩，请替我捐给孩子们吧。"他说，"我坚信那些从来没有见到过鲜花和阳光的孩子们比我更需要光明。"

他站起身，脸上阳光遍洒。他轻挽着妻子的手，慢慢走上大街。大街上人

来人往,狗吐着舌头,猫眯着眼睛,鸽子悠闲地散步,孩子们的风筝飞得又高又远……世间万般美好绚烂,让人不忍离开。她站在阳光里,伸开两臂,深吸一口气。空气里弥漫了梨花的香、梨木的香、男人的香。她突然想起一句话:赠人玫瑰,手留余香。

一天早晨,那件花梨木摆饰又回到了她的床头。当然,她没有能力买回。可是,那个古董商人说:"我希望你能在最后的日子里可以天天看到它、抚摸到它。这也算是我对你的感恩吧!你知道吗?有那么一段日子,由于感情上的挫折和生活的拮据,我有了些不好的想法。我的意思是,我试图买来一些赝品,然后当正品卖出去。直到我见到你以及你的花梨木摆饰,我改变了想法。你卖得那样便宜,令我不敢相信。还有,你的眼神是那样单纯、那样平静,似乎对这个世界毫无戒备。所以,后来,每当我看到这件花梨木摆饰,我就会想起你,想起你的眼神。我认为做人也应该要有花梨木的品质——真实、朴实、坚韧、内敛、高雅,为他人散出淡淡的香。说你拯救了我似乎有些夸张,可是,毋庸置疑的是,你的确让我打消了在邪路上迈出第一步的念头。你当然不知道这件事情。即便你不知道,我也要感恩……"

那件花梨木摆饰真的陪她走过生命里最后的时光。每天,她都会将花梨木轻轻抚摸,她看到阳光、梨园、爷爷、浮云、火焰中的男人……她还看到一个漂亮的女孩在黄昏的花园里追逐蜻蜓,女孩的眼睛清澈明亮。她将光明带给了那个女孩,或者说,那个女孩为她留住了光明。

所以,所谓感恩,很多时候,不仅是付出,更是所得以及希望。